命の水

チェコの民話集

カレル・ヤロミール・エルベン 編
出久根 育 絵　　阿部 賢一 訳

西村書店

Živá voda
by Karel Jaromír Erben
Illustrations by Iku Dekune

Original edition copyright © Albatros, 2011
Illustrations © Iku Dekune, 2011
Editor & Commentary © Jana Čeňková, 2011

Japanese edition copyright © Nishimura Co., Ltd., 2017

All rights reserved.
Printed and bound in Japan

目　次

黄金の太陽　7

　世界の創造について　9
　金色の髪のお姫さま　10
　宝　物　24
　物知りじいやの三本の金色の髪　47

死の日曜日の由来―モラナの昇天　62
　　ポムラースカの由来　65
　　命の水　68
　　婚礼衣装　83
　　命の太陽　98

動物のことば　101

　　ヤナギ　103
　　チェコのことわざ　110
　　　　回虫退治には　111／風邪のときには　112
　　動物のことば　113
　　リトハの泉にまつわる伝説　118
　　カエルの王女さま　122
　　漁師の息子　136

世界をかけめぐる者　147

　　幸運と知恵　149
　　なぞなぞ　154
　　この世に死神がいてよかった　156
　　旧市庁舎の古いチェコの暦時計　162
　　耕作の歌　168

あとがき：エルベンの世界へ、ようこそ　170

黄金の太陽

世界の創造について

世界が生まれる前には
天も、地も、なかった。
あったのは、青々とした海だけ、
海には、ナラの木が二本立っていた。
二羽のハトがこずえにとまって、
相談をはじめた、
クークー鳴きながら、相談をはじめた——
どうやって世界を設計しよう？
海底にもぐって、
砂粒をひとつ運び出そう、
黄金の小石を、砂粒を運び出そう。
そのあと、砂粒を吹き飛ばそう。
黄金の小石を吹き飛ばそう。
砂粒は大地になり
黒い大地に緑の草が生え、
黄金の小石から明るい太陽が生まれるはず。
明るい太陽、煌々とした月、
煌々とした月、小さな小さな星の数々が。

　世界の始まりをめぐっては旧約聖書をはじめ、さまざまな話が伝えられている。エルベンによれば、スラヴ文化圏に初めて伝わったものは、ガリツィア（現在のウクライナ西部にあたる地域）の家主たちが歌っていたクリスマス・キャロル（キリスト教の教会でクリスマスの時期に歌われる祝いの歌）だという。神ではなく、海の木にとまったハトが大地をつくったという独特な世界観になっている。

金色の髪のお姫さま

チェコ

　むかしむかし、あるところに、一人の王さまがいました。生き物の話すことばはなんでもわかるという、たいへん聡明な王さまでした。どうやって生き物のことばがわかるようになったのか、これからお話ししましょう。
　あるとき、老婆が王さまのもとを訪れ、ヘビの入ったかごを差し出しました。「このヘビを料理してごらんなさい。これを食べたら、宙を舞う生き物、地上の生き物、水のなかの生き物のことばということばが、あまねくわかるようになりますよ」ほかの者にはできないことができるようになると考えた王さまは、老婆にたっぷりお礼を支払いました。そして召使いに、「この魚を昼食に用意してくれ」と命じ、こう言いそ

えました。「いいか、すこしだけなら大丈夫だと思って舌にのせようものなら、おまえの命はないぞ」

　召使いのイジークは、王さまがどうしてこんなにきびしく禁じるのか不思議で不思議でたまりませんでした。「ふむふむ、こんな魚は見たことないぞ」イジークは思いました。「ヘビみたいだな！　だけど、試食は料理を出す料理人の役目だろ？」

　魚が焼きあがると、イジークはひとかけら舌にのせて試食してみました。すると、耳のまわりで、ブーンと音がしました。「ぼくらにもちょうだい！　ぼくらにもちょうだい！」なにごとかと思って見まわしましたが、厨房には飛びまわっている数匹のハエしかいません。

　すると、今度は外の道で、だれかがゼーゼー言っています。「おい、どこに行く？　どこに行く？」と、かぼそい声が聞こえます。「オオムギの粉屋へ、オオムギの粉屋へ」イジークが窓ごしに外をながめると、ガチョウの群れが見えました。「ふむ、あの魚を食べたせいだな」と、ことの次第をのみこみました。そしてまたほんのすこし口にさっと入れると、なにごともなかったかのように残りのヘビを王さまのもとに運びました。

　王さまは昼食を終えると、外出するから馬に鞍を準備して一緒についてこい、とイジークに命じました。王さまが先頭に立ち、イジークはそのあとをついていきます。青々とした牧草地を進んでいくと、イジークが乗っていた馬がぴょんととびはね、ヒヒーンといななきました。「ホホホホ、兄さん、この人、とっても軽いから、山があっても、ひとっとびで越えられそうだ！」

　「なんだって」もう一頭の馬が答えました。「おいらも、とびはねたいが、乗っているのはじいさんだからな。とびはねようもんなら、じいさんは袋のようにどさっと地面に落ちて、首の骨でも折っちまうかもしれん」

　「折ったら折ったでいいじゃないか、それがどうした？」とイジークの馬。「そうすりゃ、じいさんの代わりに若者を乗せられるぞ」

　やりとりを聞いていたイジークは思わずふきだしそうになりましたが、王さまに気づかれては困ると思い、声を出さないように必死でがまんしました。王さまは馬たちの話がわかっていましたが、まわりを見まわすとイジークがにやにやしているので、「なにを笑っているのだ？」とたずねました。

「なんでもありません、王さま！ ちょっと思い出しまして」と、イジークはごまかしました。年老いた王さまはなにかおかしいと勘ぐりましたが、馬には気づかれないようにしました。そして進路を変え、城に戻りました。

城に着くと、王さまはぶどう酒をグラスに注ぐようイジークに命じました。「いいか、ふちぎりぎりまで注ぐんだ、すこしでもこぼそうものなら、命はないぞ！」イジークがぶどう酒の入った壺を手にして注ぎはじめると、窓から二羽の鳥が舞いこんできました。鳥たちは追いかけっこをしていて、逃げる鳥はくちばしに金色の髪を三本くわえています。「それをおくれよ」もう一羽が言いました。「だって、ぼくのじゃないか！」

「だめだよ、これは、ぼくのだ！ だって、ぼくが見つけたんだから」

「でも、あの金色の髪の娘が髪をとかしているときにするりと落ちたのを見つけたのはぼくだ」

「一本たりともやらないよ！」

　そのとき、もう一羽が後ろにまわって、金色の髪の毛を口にくわえました。二羽は髪をひっぱりあい、それぞれくちばしに一本ずつくわえたので、残りの一本は地面にひらりと落ち、鐘がカーンと鳴ったような音がしました。目をうばわれたイジークはぶどう酒を注ぎすぎ、こぼしてしまいました。
「さあ、おまえの命は、わしのものだ！」王さまは大声を張りあげました。「だがな、その金色の髪の娘をわしの嫁として連れてくることができたら、おまえを許してやろう」
　さて、イジークになにができるというのでしょう？　生きのびるためにはその娘を探し出すしかありません。もちろん、手がかりはなし。イジークは馬に鞍を置き、あてもないまま出発しました。黒い森にたどりつくと、牧童たちが火を放ったのでしょう、道に面した茂みが燃えています。茂みの下ではアリが群れをなしていたのですが、火花が降りかかり、白い卵を抱えたアリたちは右往左往するばかり。

「ああ、助けて、イジーク、助けておくれよ！」アリはみじめな声を出しています。「燃えてしまうよ、卵のなかにはまだ子どもがいるんだ」イジークは馬からさっと下り、茂みを刈って、火を消しました。アリはお礼を言いました。「助けが必要なときには、ぼくたちのことを思い出して！　かならず助けにいくから」

森をぬけると、大きなモミの木が一本立っていました。木のこずえのまわりではカラスが群れをなしていましたが、地面では、二羽のカラスがカーカーとなにか嘆いていました。

「父さんも、母さんも、どっかに飛んでいってしまったよ、自分で食べ物を探すのは無理だよ。ぼくたち、まだ子どもだから、空も飛べない！　ああ、助けて、イジーク、助けておくれ！　腹いっぱい食べさせておくれ、お腹がすきすぎて死んでしまうよ」イジークは馬から下りると、ためらうことなく馬の脇腹に剣をぐさりと突き刺し、馬の肉をカラスに与えました。「助けが必要なときには」カラスたちは明るく鳴きながら言いました。「ぼくたちを思い出して。かならず行くから」

そのあとの道のりをイジークは一歩一歩歩いていかなければなりませんでした。森を歩きつづけ、ようやくぬけると、目の前には海が一面にひろがっています。すると、岸で二人の漁師がなにか言い争いをしているのが見えました。金色に輝く大きな魚をそれぞれ自分の網に入れようとしていたのです。「この網はわしのものだから、この魚もわしのものじゃ！」すると、もう一人の漁師が答えました。「おれの舟と助けがなかったら、おまえの網も役立たずじゃないか。今度捕まえたら、おまえさんにやろう」

「いやだね！　がまんするのはおまえのほうだ、こいつは、わしがもらう」

「ちょっと、失礼」イジークが割って入りました。「その魚をわたしにゆずってください、お代はたっぷりお支払いいたします。そうすれば、そのお金をお二人で分けられるじゃありませんか」王さまから旅費として渡されたお金をすべて二人に支払ったので、イジークの手元には一銭もなくなってしまいました。いい商いをした、と漁師たちはたいそう満足し、かたやイジークはというと、魚を海に帰しました。魚は水をはねとばしながら水中にもぐったかと思うと、岸からそう遠くない場所でぬっと頭を出しました。「イジーク、もし、ぼくのことが必要になったら、思い出しておくれ。君のためならひと肌脱ぐから」そう言うと、魚は姿を消しました。

「これからどこに行くんだい？」漁師たちはイジークにたずねました。
「ぼくが仕えている年老いた王さまのお妃となる金色の髪の娘を探しているんだ、でも、どこに行けばいいのか、まったくわからないんだ」
「その娘のことなら、知っとるぞ」漁師たちが答えます。「それは、金色の髪のお姫さま、あの島にある水晶の城に住む王さまの娘だ。王女さまは、毎日、夜明けどきに金色の髪をとかす。すると、ひとすじの光が、天にも、海にも放たれる。わしらがおまえさんを島まで連れていってやろう。わしらによくしてくれたからな。だが、いいかい、本物の娘を選ばないとだめだぞ。王さまには娘が十二人もいるが、金色の髪の娘は一人だけだ」
島に着いたイジークは水晶の城を訪問し、わが王のお妃として、王女を迎え入れたいと王さまに申し出ました。
「それは、けっこうな縁談だ」と王さまの返事。「だが、その前におまえはそれにふさわしい仕事をこなさなければならん。これから三日間、わしは毎日ひとつずつ課題を出す、おまえはそれをすべてこなすのだ。とりあえず明日までは休んでおくがよい」
翌朝、王さまがイジークに出した課題はこういうものでした。「わが金色の髪の娘は、ひもに通した高価な真珠をもっていたが、ひもが切れて、緑の草原のぼうぼうと茂る草のなかに真珠をなくしてしまった。さあ、その真珠を一つ残らずひろい集めてくるんだ」
草原に出かけたものの、そこはとてもとても広かったのです。イジークはひざをついて探しはじめ、朝から昼過ぎまで探しに探しましたが、ひとつも見つけることができず、イジークは思わずぐちをこぼしました。「ああ、あのアリたちがいてくれたら、

きっと助けてくれるだろうに」

　すると、「ここにいるよ、君を助けるためにね」とアリの返事がありました。アリはさっと姿をあらわし、イジークのまわりにわさわさと集まりはじめました。「手助けが必要かい？」

「この草原に転がっている真珠をひろい集めなきゃいけないんだけど、一つも見つからないんだ」

「ちょっと待ってて、代わりに集めてくるから」そう言ってまもなく、アリたちは草むらから山のような真珠を運んできてくれ、あとは、真珠をひもに通すだけでした。イジークがひもを結ぼうとしたとき、小さなアリが足を引きずりながら近づいてきました。火事で足が一本燃えてしまっていたのです。そのアリは大声で叫びました。「イジーク、待って、まだ結ばないで、真珠をもうひとつもってきたよ！」

　そのあと、イジークは真珠を王さまに差し出すと、王さまは、真珠の数をていねい

に数え、すべてそろっているのを確認しました。「任務完了だ」王さまが言いました。「明日は、また別の課題だ」

翌朝、到着したイジークに王さまは命じました。「金色の髪のわが娘が海で泳いでいたら、黄金の指輪を海に落としてしまってな。今度は、その指輪を探し出してくるんだ」

イジークは海に向かったものの、岸辺をとぼとぼ歩くしかありませんでした。海はすきとおっていましたが、あまりにも深く海底まで見渡せず、指輪を探すことなど論外だったからです。「ああ、あの黄金の魚がいてくれたらなぁ、ぼくの代わりに指輪を探してくれるだろうに！」

その瞬間、海中にひとすじの閃光が走り、黄金の魚が海の深みから浮かびあがって、水面に姿を見せました。「ほら、ここにいるよ、助けにやってきたよ。なにか、お困りかい？」

「この海に落ちた黄金の指輪を探さなきゃいけないんだ、でも、底がまったく見えないんだ」

「さっき、カマスに会ったけど、ひれに黄金の指輪をぶら下げていたよ。ちょっと待ってて。もってきてあげるよ」そう言って、ほどなくして魚は水中から戻り、指輪をぶら下げたカマスを連れてきてくれました。

今度もまた「よくやった」と王さまはイジークをほめたたえました。翌朝、ついに三つめの課題が言い渡されました。「わたしの金色の髪の娘をおまえの王の妃として連れていきたかったら、死の水と命の水をもってくるのだ、娘に必要なものだからな」

どこに行けばその水を見つけることができるか、イジークにはまったくわかりません。あてもなく、足の向くままに歩き、たどりついたのは黒い森でした。「ああ、カラスたちがいてくれたらなぁ、きっと助けてくれるだろうに！」

その瞬間、頭上でバサバサと音がして、どこからやってきたのか、カラスが二羽姿を見せました。「ほら、ここにいるじゃないか、君を助けに来たよ。どうしてほしい？」

「死の水と命の水が必要なんだけど、どこにあるか、さっぱりわからないんだよ」

「それなら、よく知っているよ。ちょっと待ってて、すぐにもってくるから」そして

まもなく、カラスは水がたっぷり入ったカボチャを二つ、イジークのもとに運んできました。一つのカボチャには命の水が、もう一つには死の水が入っていました。万事順調に進み、うれしくなったイジークは急いで城に戻ることにしました。途中、森のはずれで、モミの木と木のあいだにクモの巣が張っているのが目に入りました。クモの巣の真んなかには大きなクモが陣取っていて、一匹のハエをぺろぺろとなめていました。イジークは死の水の入ったカボチャを手にして、その水をクモにかけると、うれすぎたサクランボのようにクモはちぢこまって、すぐに死んでしまいました。つづいて命の水をハエにかけると、ハエはむくむくと起きはじめ、クモの巣を破って宙に飛んでいきました。「イジーク、おれをよみがえらせてくれたからには、おまえは幸せになるぞ」ハエは耳の近くでブーンと鳴いていました。「おれさまがいなければ、十二

人の娘のどれが金色の髪の娘か、おまえさんにはわからんからな」

　イジークが三つめの課題もこなしたので、王さまは金色の髪の娘を嫁に出そうと告げました。「だが最後に」王さまはつづけて言いました。「おまえは自分で娘を探しださねばならぬ」

　そのあと、王さまがイジークを大きな部屋に連れていくと、部屋の中央には丸いテーブルがあり、そのまわりを十二人の美しい少女が同じ姿勢で座っていました。みんな、頭には、雪のように白い、床まで届く長いスカーフをかぶっていたので、髪の毛の色を知ることはできません。

　「わたしの娘たちはここにいる」王さまが言いました。「金色の髪の娘を言いあてることができたら、娘はおまえのものだ、すぐに連れていってもかまわない。だが、はずれたり、まちがったりしたら、おまえは一人でここから立ち去るのだ」

イジークは気が気でなく、どうしたらいいか途方に暮れました。そのとき、耳元でなにかがささやいたのです。「ブズーブズー！　テーブルの近くに行くんだ、だれが本物か、教えてあげるから」それは、命の水でよみがえったハエでした。
　「この娘じゃない——これでもない——これもちがう——金色の髪の娘は、この人だ！」
　「このかたです！」イジークは大声を張り上げました。「わが王の妃として迎え入れさせてください」
　「見事だ」と王さまは一言。娘が立ち上がってスカーフを取ると、豊かな泉から水がほとばしり出たかのように、金色の髪がふわりとほどかれました。髪の毛は、朝に太陽が顔を出すときのように光り輝き、あまりのまぶしさにイジークの目はくらみました。

　王さまは娘に王の妃としてふさわしい旅のしたくをさせ、イジークは娘を自分のあるじのところに連れ帰りました。金色の髪の娘を目にした年老いた王さまの瞳はきらきらと輝き、喜びのあまり思わずとびはねるほどでした。すぐに、婚礼の準備を命じました。

　そして王さまは突然イジークに告げました。「おまえの素行は目にあまるものがある。首つりの刑に処し、カラスのえさにでもしよう……いや、これまでの仕事に免じて、それはやめて、斧で頭を切り落とし、丁重に埋葬してやろう」

　イジークが殺されてしまうと、金色の髪の娘は、この召使いの亡骸をわたくしにください、と年老いた王さまに懇願しました。金色の髪の妻の願いを王さまは聞き入れないわけにはいきません。金色の髪の娘はイジークの体にイジークの頭をくっつけて、死の水をふりかけました。すると、胴体と頭がいっしょになり、傷跡も消えてしまったのです。そのあと、命の水をふりかけると、イジークはもう一度生まれたかのように、鹿のようにしゃきっと立ち上がり、顔からは若々しさがみなぎるほど。

「あぁ、よく寝た！」イジークはそう言って、目をこすりました。

　「ほんとにそうよ、ぐっすり眠っていたわよ」金色の髪の娘は言いました。「わたし

がいなかったら、あなたは、未来永劫目を覚ますことがなかったのよ」

　生き返っただけでなく、以前よりも若返り、美しくなったイジークの姿を見た年老いた王さまは、自分もぜひ若返りたいものだと考えました。そこで、自分の首を切って、あの水をふりかけるよう命じたのです。首が切られたのち、命の水をずっと、ずっとかけつづけて、最後の一滴までふりかけたものの、頭と胴体はくっつきませんでした。そこで死の水をかけてみると、頭が伸びたものの、王さまは死んだまま。というのも、よみがえらせるのに必要な命の水がもうなくなっていたからです。というわけで、王さまのない王国などありえず、それにまた、イジークのほかにあらゆる動物のことばがわかる頭のよい人がいなかったので、イジークは王さまになり、金色の髪の娘は王妃さまとなったのでした。

　　⚜ 召使いがアリやカマスやカラスなどの動物たちの手助けを得て、難題を解決し、最後に金色の髪のお姫さまと結婚するというチェコのおとぎ話の定番。さまざまな生き物たちの手助けなくしては、人間は暮らしていけないというメッセージもこめられている。

宝物

I

カシの木に囲まれた丘の上に
低い塔のある小さな教会が。
塔の音は森をぬけ
となり村まで響いていく。
近くの丘で消えてしまう
細やかな鐘の音ではなく、
復活祭を告げる拍子木の鈍い音、
それは、主のいる教会へ皆を誘うもの。

神を称えるべく
村の人びとは群れをなして登っていく、
神をうやまう敬虔な村人たちが。
今日は、聖金曜日。*1

死者を悼む教会の壁には飾りはなく、
祭壇は黒い布で覆われ、
十字架がつるされているのみ。
聖歌隊の席で歌われているのは、受難曲。

ほら！ 森のなかに明かりだ
小川の向こうの黒い森で光っているのは、なに？
村の女が
なにかを抱えている。
よそ行きのかっこうをして

早足で歩いている。
小さな男の子をかかえながら
小川の向こうにある斜面を
女が駆けおり
主のいる教会に急ぐ。
森の斜面の近く
丘の上に教会がある。
小川が流れる渓谷で
歩みを思わず早める。
自由に吹く風のように
合唱の歌が教会から聞こえる。
聖歌隊の席から響くのは
イエス・キリストの受難曲。

岩をたよりに駆けおりていった先には——
「これはなに？　目に見えているのは本物？
感覚がおかしくなったの？」
女は立ちどまり、あたりを見まわす——
そしてまた早足で戻っていく
立ちどまり、また戻っていく——
「あそこに森が、ここには茂みが
畑には小道があったはず——
迷ったことなど一度もなかったのに！
いったい、どうしたというの！
岩の近くまで来たはず
なにかがおかしい！」
女は立ちどまっては、また急ぐ。
驚きをかくせず
手で目元をぬぐい、

一歩ずつ近づいていく。
「ああ、すっかり変わりはてている！」

教会から三百歩ほどの
茂みのところに
大きな岩があったはずなのに
目に入ってくるものは、なに？
女の目に入ってくるのは
開いている穴——
説明はつかない——
岩があったはずの場所には
昔からあるかのように
洞窟が。
女の目に飛びこんでくるのは、
大地の下にのびる回廊、
石英のアーチの回廊。
アーチが消えて見えなくなる
奥のほうでは
炎があがっている。
夜の月光のように
煌々と
没する太陽のように
赤々と輝いている。

それを見た女は驚き、
回廊の近くまで行き
掌で目をこすりながら
あの明るい場所を見つめる。
「ああ、なんという光！」

手で目をこすってから
一歩先に進む。
「なんという奇妙な光！
いったいなにが？」
だが怖れのあまり先には進めず、
見つめたまま、外で立ちつくす。

躊躇して立ちつくす女は
アーチを見つめている。
視線を向けているうちに恐怖が消え、
好奇心に駆り立てられて
足を踏みだす。
一歩ずつ——
先に行きたい、そう思う。
一歩ずつ——岩のなかで
眠っていたこだまが目覚めだす。
奥深く進めば進むほど
不思議な光がふくらむ。
そこで穴蔵は終わっている。
だが女の目はくらみ、
手で顔をおおう。
まともに見ることはできない。
女は見る、見ている——女が目にしているものを
ほかに見た者がいただろうか？
これほどの美しさ、これほどの輝きを
目にできるのは天国だけ！

壮麗な広間に通じる
扉は開かれている。

黄金で飾られた壁は輝き、
紅玉がはめられた天井を支えるのは
水晶の柱。
床が大理石の
扉の両面からは——

その光景を見なかった者は信じないだろうが——
火が二手からあがっている。
火の手をさえぎるものはなにもない。
左手の銀貨の山では
炎が月に向かって燃え上がり、
右手の金貨の山では
太陽が輝いている。
火が燃えさかり、部屋も輝き、
明るい光におおわれている。
宝物があるかぎり
炎が消えることはなく、
火の手をさえぎるものはなにもない。

光を全身に浴び
女は戸口に立つ。
だが恐怖のあまり目はふせたまま、
炎を見つめることはできない。
左手で子どもをかかえ
右手で目をこする。
ちらりとまわりを見、
われに返り、
深く息を吐きだしながら
心のなかでことばを交わす。
「神よ、この世で体験するのは、

貧しさと空腹ばかり！
ここには宝がこんなにあるのに
わたしは貧しい生活を強いられている！
この地下には
銀貨も、金貨もかくしてあるというのに！
あの山のほんの一部でもあれば
お金持ちになれるはず
ここで幸せになれるはず
わたしも、この子も！」

女は立ったまま、想いにふけり、
大胆になっていく。
聖なる十字架で武装し、
青白い炎のもとへ歩いていく。
銀貨をひとつ手にしては
もとの場所に置く。
銀貨を手にしては吟味する
輝きを、重さを──
そしてまた戻すのだろうか？
いや、女のひざのところできらきら光っている。
味をしめ、大胆になっていく。
「ええ、神の御手が
かくされた財宝をわたしに教えてくれた。
わたしを祝福なさっている。
神の祝福を軽んじることは
罪を犯すこと！」

女はこうやって自分に言い聞かせながら
息子を下に置き、

ひざをついて、前掛けを外し、
欲を出して積み重ねられた銀貨に手を出し、
ひざもとに集める。
「ええ、これは神の御手
わたしたちを祝福してくださるの!」
女は次々と手にする――
前かけはあふれかえり、立ちあがるのもひと苦労――、
銀貨の魅力にとりつかれ、
しまいにはスカーフでつつむほど。
そこから出ようとしたとき
ああ、そこにはまだ子どもが!
なんと重いこと、
二歳の幼子を抱きかかえるのは。
だが幸せを追い払うことは、
好ましくない。
けれども、両方を運ぶことはできない。

ほら、母は銀貨をかかえている!
子どもは母のあとを追っている。
「ママ!」と呼びかけている、「ママ、ママ!」と。
小さな手で母をつかむ――
「静かに! 静かに、いい子だから!
ほんのすこし待っておくれ
すぐに戻るから!」

女は駆ける、部屋を駆けぬけ、
部屋をあとにする、
小川を越え、森のある斜面のほうへ
喜び勇んで駆けていく。

あっというまに
両手を空にして駆け戻ってくる。
汗をたらし、ゼーハー息をつき、
もう目標の場所に立っている。

風は軽やかに吹き、
教会からは歌声が。
聖歌隊の席では歌われている、
主イエスの受難曲が。

部屋に急いで戻ると、
「ふふ、ママ！　ふふ、ママ！」
子どもがうれしそうに笑い、
小さな手をたたいている。

けれども、母は子どもを気にかけず
反対側に駆けていく。
金属、なかでも金の輝きに
惹きつけられて。
ひざをつき、欲張って金貨を手にし
前かけに入れ、
金貨をしまっていく。
ひざもとはいっぱいになり、立つのもひと苦労——
そのうえスカーフにも！
ああ、女の心がときめく
幸せで満ち足りて！

母が金貨を運ぶと
子どもはあとを追いかける

体をふるわせて悲しげに泣く。
「ママ、ママ！　ああ、ああ、ママ！」
小さな手で母をつかむ。
「静かに！　静かに、かわいい子！
ほんのすこし待っていてね」
子どものほうに身を傾け、
ひざもとに手を入れ
硬貨を二枚取り出すと、
硬貨と硬貨がチリンと音を出す。
「ほら、お母さんがなにをもっているか見て！
チリンチリン！　聞こえる？」
子どもは泣きつづけ
母は喜びで胸をときめかす。

ひざにもう一度触れると
金貨でいっぱいの手を取り出し
子どものひざの上に置く。
「さあ、これを見てごらん！
静かに！　静かに、いい子だからね。
チリンチリン！　よく聞いてごらん！
ほんのすこしだけ待っていて。
お母さんはすぐに戻ってくるから
遊んでいてね、いい子だから
ちょっとだけ待っていてね」

そして母は走り、部屋を駆けぬけ
子どもを振り返りもしない。
部屋をあとにして
小川に近づく。

小川を越えて、喜んで斜面に向かい、
高貴な財宝を森へと運ぶ。
すぐに隠し場所にたどりつく。

「さあ、このあばら家とは
おさらばよ。
留まるのは無理な話。
あなたに魅力などないから！
この暗い森をはなれるの、
父からゆずり受けたこの家から。
幸せはどこかほかの場所にあるはず、
わたしの生活はどこかほかの場所にあるはず！
ここを出て、この土地をはなれるわ、
その道のりのうれしいこと。
幸せが満ち足りたら
大きな町へわたしは向かうの。
土地や城を買って
わたしは淑女のように尊敬されるはず。
お達者で、小屋よ、この土地で
もうおまえとは暮らさない！
昼も夜も仕事ばかりの
貧しい寡婦はもうおしまい。
ほら、わたしのひざを見て──」そう言って
胸をはずませながらひざを見る。
見なければよかったものを！
怖れで血の気が引き、
怖れで全身がふるえる。
倒れこまなかったのが不思議なくらい。
女は見る、見る──目にする、

だが信じられない！
朽ちた扉のなかに入る。
銀の宝をしまった
収納箱のある場所に入る。
いちどまぶたを閉じてから──目にする！
信仰心のある善良なる人にとって
なんという衝撃！
銀貨の代わりにあったのは──ただの石ころ
スカーフのなかも、ひざのなかも
なんと怖ろしい錯覚、
金の代わりに──粘土ばかり！
女の希望はすべて踏みにじられてしまった！

幸せの名にふさわしくない女は、
祝福されなかった。

Ⅱ

打ちひしがれ
苦痛とともに失ったものを思い知り
なにかが心を貫き、
あまりの恐怖に声を張りあげる、
小屋がふるえるほどの大きな叫び声を。
「ああ、わが子よ、愛しい子よ！」
「わが子よ——愛しい子よ！」
声が深い森に響きわたる。

怖るべきことを予感しながら
女は走る——走るどころではない
飛んでいく、鳥のように飛んでいく。
森をぬけ、斜面を越え、
財産があると錯覚した場所へ、
教会のある丘へ。

教会からは風が吹いている、
だが、歌は聞こえない
主の受難曲は
聖歌隊の席からは聞こえてこない。

地下室に到着し
ああ、そこで目にしたものは！
ああ、教会から三百歩ほどの
茂みのところに
大きな岩がある！
だがあの部屋は？——跡形もない！

洞窟など消えてしまい、
なにもなかったかのように。
怖れにふるえる女は
おびえて声を出し、あたりを見まわす、
この丘を、茂みをさまよう、
死にそうな蒼白な顔をして！
ああ、まなざしは絶望に満ち、
唇は死体のように血の気が引いている！

ほら、茂みを
駆けていく――下のほうへ！
「なんていうこと！　ここじゃないわ！」
肌は茂みで引き裂かれ、
足にはとげがつき刺さる――
これまでの努力が水泡に帰してしまう、
ここに入口がないとは！

ふたたび女は驚愕し、
怖ろしい不安に襲われる。
「ああ、わたしの子を返してくれるのはだれ！
わが子よ、おまえはどこ、どこにいる⁉」――

「地面の下、その奥深く！」
静かな声が風にのってささやく。
「ぼくのことは見えない、
ぼくのことは聞こえない
幸いにも、この地面の下、幸いなことに
食べるものも、飲むものもないけれど
大理石の床で、

ひざには純金をもっている！

昼か夜かわからない
眠ることもなく　目は開いたまま
ここで遊んでいる、遊んでいるよ──
チリンチリン！　この音が聞こえる？」

女は探しつづける──
あてもなく！　不安に襲われ、
絶望に打ちひしがれて、大地にひれふす。
髪の毛をかきむしり、
顔を紅くしたかと思うと、死神のように青ざめる。

「ああ、なんということ！　なんということなの！
ああ、わたしの子どもよ、どこにいる、どこにいるの？
どこに行けば会えるというの、かわいいおまえ⁉」
「かわいいおまえ──愛しいおまえ──おまえ！」
その声が近くの森まで響きわたる。

Ⅲ

一日過ぎ、二日が過ぎ、
一週間が経ち、
一週間が一年になり、
ついには燃えるような夏に。

カシの木に囲まれた丘には、
低い塔のある小さな教会。
毎日、鐘の音は
茂みをぬけ、となり村まで響く。
教会のある高台では
朝の祈りを知らせる鐘が鳴る。
主のいる天の建物の前で
敬虔な農夫が頭を垂れる。

ああ、だれがあの女を知っていよう
大地にひれふすあの女を？
祭壇の明かりはとうに消えたものの、
女はずっとひざをついたまま。
息をしていないかのように
頬も、唇も、血の気がない――
ああ、女の祈り声の小さいこと！
あれはだれ？――わからない、知っているような気が。
ミサが終わり、寺男は扉を閉めるが、
カシの木の隙間から女が見える、
丘から下っていく女が。
ゆっくりと、ゆっくりと
茂みに囲まれた小道を通って

灰色がかった岩を下り
道の真ん中に大きな石がある場所へ。
そこで深呼吸をすると
額に掌をあてる。
「ああ、わたしの子どもよ！」――
瞳からは涙がこぼれている。

不幸せな小屋の女は
いつも悲しげで、蒼白で
いつも思い悩んでいる。
朝から夕暮れまで
瞳が晴れることはなく、
夜も眠ることはない、
苦悩の床をはなれるのは明け方のこと。
「ああ、わたしの子よ、愛しい子よ！
ああ、なんということ！　なんということ！
慈悲深い神よ、どうかお許しを！」

そして丸一年が過ぎ、
秋、そして冬が――
けれども女の心は休まることはなく、
瞳の涙は乾くことなく。
太陽が高くのぼり
大地を暖めるようになっても、
顔に笑いが浮かぶことはなく
寡婦は泣くばかり。

IV

しっ！　カシの木に囲まれた丘(おか)の上から、
低い塔(とう)のある小さな教会から、
ゴンゴンという音が
茂(しげ)みをぬけ、となり村まで響(ひび)いてくる。
さあ！　神を称(たた)えるべく
村の人びとが群(む)れをなして登ってくる。
敬虔(けいけん)な村人たちが──
今日は、聖金曜日(せいきんようび)。

春先の細やかな風が吹(ふ)き、
歌が風にのって運ばれてくる。
教会ではまた
主(しゅ)イエスの受難曲(じゅなんきょく)が歌われている。

女は斜面(しゃめん)を下り
森から小川へ向かう。
どうして歩みはゆっくりなのか？
ああ、一年前の悲しい記憶(きおく)が
女の歩みを遅(おそ)くしている！
すこしずつ、すこしずつ近づいて、
岩のあった場所にようやくたどり着く。

さあ！　女の瞳(ひとみ)に映(うつ)ったものは？
教会から三百歩ほどの
茂(しげ)みのところに
大きな洞窟(どうくつ)が。
穴(あな)が開き、

岩が置かれている。
石も、岩も、
昔からあるかのように。

女はなかを見るのが怖ろしくてたまらない
恐怖で髪の毛が逆立つ。
悲しみと自分の犯した罪で
押しつぶされそうになる。
そして怖れる——だが待つことはない
恐怖と希望に満たされ、
あの部屋へ駆けていく、
岩の下にある部屋へ。

さあ、壮麗な広間に通じる
扉は開かれている。
黄金で飾られた壁は輝き、
紅玉がはめられた天井を
支えるのは水晶の柱。
大理石の床の
扉の両側からは
二つの炎がゆらめく。
左手の銀貨の山では
炎が月に向かって燃え立ち、
右手の金貨の山では
太陽がたえず輝きつづけている。

女はおそるおそる近づき、
恐怖と期待が入りまじるなか
部屋をのぞきこむ。

女を魅了するのは銀貨か、金貨か？——
ああ、もはや女の心をひくものはなにもない！——

「ふふ、ママ！　ふふ、ママ！」
あ、子ども、女の子どもだ。
一年間、女が嘆き悲しんだ子どもが
小さな手をたたいている！

だが女は恐怖で身をふるわせ
息ができない。
大あわてで
子どもを抱きかかえると
長い回廊を通りすぎていく。
バン、バン！　フー！
丘の中腹から女の足元までうなり声が。
恐ろしい衝突音、風がヒューヒューと響き
地面はゆれ、衝突音と騒音が——
部屋が女の足元からくずれ落ちる！
「ああ、聖母マリアよ、助けたまえ！」
不安に駆られて女は声を出す、
そして振り返ってまた驚愕する。

さあ！　なんという変わりよう！
音がやみ、茂みには
大きな岩。
回廊の跡形もなく、
以前のように整然としている。
そして今、合唱が終わる、
主イエスの受難曲が。

だが女は恐怖で身をふるわせ
息ができない。
大あわてで
子どもを胸に押しつけて
なにかを怖れるかのように
子どもを抱きかかえる。
駆け足でほとんど息もできない。
岩から遠くはなれても
振り返りはしない。
森の近くの斜面を下り
恐怖と喜びに満ちて
森の粗末な小屋のなかで立ち尽くす。

女は、神に
熱烈な感謝を捧げている！
頬を伝わる涙を見るがいい！
子どもに身を寄せ、
額、手、唇に口づけするようすを。
そして全身から歓喜がほとばしるがごとく
胸に抱きしめる！

さあ！　女のひざで輝くのはなに？
なんの音？──金貨だ！
おとなしく遊んでいるようにと
一年前、
子どものひざの上に置いた金貨だ。

だが女の心は動かない、
あれほどの悲嘆に暮れたあとでは！

幾多の涙を流したからだ。
愛しい子を抱きかかえながら、
女は神に感謝する。
苦い経験を経て、女は知った、
子にまさる金などないことを！

Ⅴ

教会はとうの昔に取り壊され、
鐘の音が響くこともない。
かつてカシの木があった場所は、
朽ちた根っこのあとがあるばかり。

だが多くを知る老人がいる。
多くの者が鬼籍に入ったとはいえ
人びとは今なお指さすことがある、
かつての場所を。

寒さの厳しい夜に若者たちが
集うと、
老人は語り出すという、
あの寡婦のこと、あの宝物のことを。

＊1 聖金曜日：復活祭（春分の日の後にくる最初の満月の次の日曜日）の前の金曜日をさす。キリストの受難を祈念する日。

⚜ 復活祭前の金曜日である聖金曜日の礼拝の折に異界と遭遇し、財宝に目がくらんだ母親が犯した罪と苦悩をえがいたバラッド（物語詩）。バラッドとは、韻文形式でつづられる物語のことで、「歌の形で語られる悲劇」とも称される。本作は、エルベンの詩集『花束』からの作品。

物知りじいやの三本の金色の髪(かみ)

　むかしむかし、本当にあった話かどうかはさだかではありませんが、あるところに、森で狩(か)りをするのが好きな王さまがおりました。遠くまでシカを追いかけていったときのこと、王さまは道に迷(まよ)ってしまいました。お付きの者はおらず、たった一人。夜になってから運よく林のなかで一軒(いっけん)の家が見つかりました。炭焼き職人(しょくにん)の住む家です。王さまは、森から出る道を案内してくれないか、十分にお礼をしようと頼(たの)みました。「喜んで、そうしたいところなのですが……」炭焼き職人(しょくにん)が答えます。「ごらんのとおり、妻(つま)が産気づいておりまして、今はここをはなれるわけにはまいりませんし、日も暮(く)れております。今晩(こんばん)は屋根裏(やねうら)の干(ほ)し草の上にでもお休みください。夜が明けましたら、道をご案内いたします」

それからほどなくして、男の子が生まれました。そのころ、屋根裏にいた王さまはなかなか寝つけずにいました。真夜中、下の部屋でなにかが光っているのに気がついたので床の穴からのぞいてみると、亭主は眠っていますが、妻は意識がないかのようにぐったり横になっています。赤ちゃんの近くにはなぜか三人のおばあさんが立っていました。みんな、真っ白い服を着ていて、明かりの灯ったロウソクを手にもっています。一人目のおばあさんが言いました。「この子はたいそう危険な目にあうでしょう」二人目のおばあさんは、「いいえ、あらゆる難を運よく逃れて、長生きするでしょう」三人目のおばあさんは、「上の干し草の上で寝ている王さまのお城で今日生まれた娘と結婚するでしょう」と言いました。話が終わると、三人のおばあさんはふっとロウソクを消し、また静寂が戻りました。子どもの運命を占う三女神だったのです。

　王さまは動揺を隠せませんでした。胸に剣がつき刺さったかと思ったほどです。それから結局、朝まで一睡もできませんでした。耳にしたことが現実にならないようにするにはどうしたらいいか、一晩中思案していたからです。朝がくると、赤ちゃんがオギャーオギャーと泣きだしました。目覚めた夫は、自分の妻が二度と目覚めることがないことを知りました。「おお、わたしのかわいそうな母なし子よ！」と炭焼き職人はなげくばかり。「いったい、わたしはおまえと二人で、これからどうやって暮らしていけばよいのか」

　「その子どもをわたしに預けてみる気はないかね」王さまが声をかけました。「不自由なく育つよう、わたしが面倒をみよう。そなたには、一生炭を焼かなくて済むだけの十分な金を授けよう」

　炭焼き職人はその申し出を喜んで受け入れることにしました。王さまは、子どもを

引き取るためにだれか遣わせようと言い残して出発しました。王さまが城に着くと、城の者たちは満面の笑みを浮かべて言いました。「昨晩、かわいい女の子がお生まれになりましたよ」女の子が生まれたのは運命の三女神を目にしたまさにその晩のことだったのです。王さまは苦虫をかみつぶしたような表情を浮かべながら、召使いを一人呼び寄せました。「あの森に炭焼き職人が一人で暮らしている家がある。そいつにこの金を渡すんだ、そうすれば、赤んぼうを手ばなすことになっている。赤子を受けとったら、帰り道のどこかで川に沈めてこい。しくじったら、おまえが水を飲むことになるぞ」

召使いは王さまの指示どおりに炭焼き職人の家を訪れ、赤子をかごに入れて引きとりました。途中、深く大きな川に架かっている小さな橋にたどりつくと、召使いは、赤子を入れたかごをそのまま川に投げこみました。

「おやすみ、ぼうや。招かれざる娘婿よ！」召使いの報告を伝え聞いた王さまは、あとでそう言ったそうです。

王さまはすっかり、赤んぼうが溺死したと思っていましたが、じっさいはそうではありませんでした。だれかにあやされているかのように、かごに乗った赤んぼうは川を流れ、だれかの歌を聞いているかのようにぐっすり眠り、しまいにはある漁師の家の近くに流れついたのです。漁師が岸にこしかけて網をつくろっていると、なにかが川を流れてやってくるのが目に入りました。舟に乗りこんだ漁師がかごを引き寄せてみると、なんと赤んぼうでした。漁師は赤んぼうを妻のもとに連れてゆき、こう言いました。「おまえは男の子を欲しがっていたな、ついに恵まれたぞ、川が運んできてくれたんだ」

漁師の妻はたいそう喜び、それからというもの、わが子のように育てあげました。川をすいすい流れてきたので、名前は「スイスイ」にしました。

川の水ばかりか、月日も流れ、男の子は美しい青年になり、その美貌に肩を並べる者ははるかかなたまで見渡してもいませんでした。ある夏の日、王さまが馬に乗って、この近くまでひとりでやってきました。それは、とてもとても暑い日のことで、のどがカラカラになってどうしようもなく、新鮮な水をもらおうと漁師のところに立ち寄りました。水を差しだすスイスイの顔を見た王さまははっとしました。

「漁師よ、あの若者は美しいなあ！」王さまが声をかけました。「おまえの息子か？」

「まあ、いろいろとありまして」漁師は答えました。「じつは、この子がまだ赤んぼうだったころ、かごに乗って川を流れてきたのです、それからこの子を育てはじめ、早いものでもう二十年になります」

王さまは目の前が一瞬真っ暗になり、すっかり血の気が引いてしまいました。この若者は、溺死を命じた赤んぼうにちがいないと察したからです。王さまは気を取りなおすと、馬からぱっと下りて言いました。「わたしの城に使いの者を送りたいのだが、あいにくだれもいない。この若者に城まで伝言を頼めるかね？」

「王さまのご命令とあらば、もちろん、息子に行かせましょう」

王さまは座って、王妃さまにあてて手紙をしたためた。「手紙を託したこの若者をただちに処刑するように。憎き敵だ。わたしが帰るまでに片づけておくこと。命令だ」そのあと手紙を折りたたんで蝋で封をすると、そのうえに指輪の印をつけました。

スイスイは手紙をたずさえて、すぐに旅に出ました。大きな森をぬけていかねばなりませんでしたが、森を出る前に道を見失い、迷ってしまいました。茂みから茂みへと歩いているうちに、あたりは暗くなりました。そのとき、一人のおばあさんに遭遇しました。「スイスイや、どこに行く？」

「手紙を王宮に届けに行くところですが、道に迷ってしまったのです。おばあさん、道を教えていただけませんか？」

「今日中にたどりつくのは無理じゃ、もう暗いしのう」おばあさんは言いました。「ここで一晩過ごすがよい。おまえがここを知らんわけはない、わしはおまえの名づ

け親だからのう」

　若者はおばあさんのことばに従うことにしました。そして、ほんの数歩進むと、地面からぱっと生えたかのように家が目の前に建ったのです。夜、若者が寝入ると、おばあさんは若者のポケットから手紙を取り出し、代わりに別の手紙をポケットに入れました。文面はこういうものでした。「手紙を託したこの若者をただちに娘と結婚させるように。運命で定められた婿だ。わたしが帰るまでに式を終えておくこと。命令だ」

　王妃さまはこの手紙を読み終えると、すぐに結婚式の準備をするよう命じ、王妃ばかりか、若い王女も、将来の花婿がどういう人物か、じっくりたしかめる時間もありませんでした。スイスイはお姫さまと結婚することになり、このうえなくうれしく思いました。それから数日後、王さまが城に戻り、不在中の出来事を伝え聞くと、なにをしたのだ、と怒りだしたのです。

「なぜって、王さまみずから、帰ってくる前に式を終えておくようにとお命じになったではありませんか！」王妃さまはそう言って手紙を差しだしました。王さまは手紙を受け取り、文字、封緘、紙をじっくりと見つめました——ですが、いずれも王さまの手によるものでした。それから婿を呼び寄せ、城にいたる道中での出来事をたずねました。

　スイスイは道中、森のなかで道に迷い、名づけ親のおばあさんのところで一晩を過ごしたことを伝えました。

「おばあさんの姿は？」——「かくかくしかじか……」王さまは話を聞いて、二十年

前、炭焼き職人の子どもが愛娘と結婚するのを予言した人物にちがいないと思いました。考えに考えてから、こう言いました。「すでに起きたことはどうしようもない、だが、そう簡単にわたしの娘の婿になることはできん。娘との結婚を望むのであれば、持参金の代わりとして、娘のために、物知りじいやの金の髪を三本、もってくるのだ」これでこの憎らしい婿を追いはらえるぞ、王さまは内心そう思いました。

スイスイは妻と別れ、旅に出ました。とはいえ、どこをどう進めばいいか見当もつきません。でも運命の女神が名づけ親なのですから、正しい道はきっとすぐに見つかるでしょう。遠くまでひたすら歩き、野を越え、山を越え、浅瀬を渡ってたどりついたのは黒い海でした。一艘の舟が見え、舟には渡し守がいました。「こんにちは、渡し守のおじいさん！」

「よお、若い旅人よ！　どこに行かれるのかね？」

「物知りじいやのところに、三本の金色の髪をもらいにいくんです」

「ホホ、そういう使者を長年待っていたんだ。ここで渡し守をするようになって二十年になるが、いつになってもわしの役目は終わらんのじゃ。そうじゃ、わしの務めがいつになったら終わるか、物知りじいやにたずねると約束するなら、向こう岸まで渡してあげよう」

スイスイが約束すると、渡し守は対岸まで運んでくれました。

つぎに、ある大きな町にたどりつきましたが、さびれて、どこか悲しげな町でした。町に入るところで出会った老人は杖をつき、今にも倒れそうでした。「こんにちは、白

髪(が)のおじいさん！」――「おお、美男子の青年よ！　どこに行くのかね？」

「物知りじいやのところに、三本の金色の髪(かみ)をもらいにいくんです」

「おやおや、そういう人物を長年待っていたんだ、今すぐにでもわれらの王さまのところに連れていってやろう」

スイスイが到着(とうちゃく)すると、その国の王さまが言いました。

「おまえは、物知りじいやのところに行くそうだな。ここにはリンゴの木があった、若返りのリンゴだ。墓(はか)に入るまぎわであったとしても、このリンゴを食べた者はあっというまに若返り、青年のようにシャンとする。だが、この二十年のあいだ、このリンゴの木はまったく果実を実らせない。もし、物知りじいやになにかいい手はないかたずねてくれるならば、王国は、おまえにほうびを授(さず)けよう」スイスイはそうします、と約束し、王さまは寛大(かんだい)にもスイスイを解放(かいほう)しました。

つづいて、また別の大きな町にたどりつくと、今度は町の半分が荒(あ)れ果てていました。町からそう遠くないところで、息子が、亡くなった父親を埋葬(まいそう)していましたが、その頬(ほほ)には大つぶの涙(なみだ)がつたっていました。

「こんにちは、墓掘人(はかほりにん)さん、悲しそうなお顔をしていますね！」スイスイが声をかけました。「こんにちは、心優しき旅人さん！　どちらまでお出かけですか？」――「三本の金色の髪(かみ)を探(さが)し求めて、物知りじいやのところに」――「物知りじいや？　もっと早く来てくだされればよかったのに。われわれの王さまは、あなたのようなお方を長年待っていました。王さまのところに案内します」

スイスイたちが到着(とうちゃく)すると、王さまが言いました。「物知りじいやのところに行くそうだな。じつは、ここに泉(いずみ)があってな、命の水が湧(わ)きでる泉(いずみ)だ。その水を飲めば、死にかけている人でもすぐ元気になる。息をしていなくても、この水を振(ふ)りかければ、また起きあがって歩くようになる。だが、水が出なくなって二十年がたつ。物知りじいやになにかいい手はないか聞いてくれないか。そうしたら、わが王国は、おまえにほうびをやろう」スイスイはかならずたずねてみますと約束し、王さまは寛大(かんだい)にもスイスイを解放(かいほう)しました。

そのあと、しばらく歩きつづけ、黒い森にたどりつきました。森のなかを歩いていると、きれいな花でいっぱいの青々とした広大な草原が目に入ってきました。草原には黄金(おうごん)のお屋敷(やしき)が一軒(いっけん)建っていましたが、炎(ほのお)のようにめらめらと輝(かがや)いています。ス

53

スイスイはお屋敷に入ってみましたが、なかにはだれもいないようでした。ところが、ある部屋の片隅に一人のおばあさんが座って、なにかをつむいでいました。「よく来たね、スイスイ」と、おばあさんが声をかけてきました。「またおまえに会えてうれしいよ」おばあさんは手紙を届けようとして森で一晩を過ごしたときに出会った名づけ親だったのです。「ここへ、なにしに来たのかね？」――「ぼくがたやすく王さまの娘婿になるだなんてとんでもない話だ、物知りじいやの三本の金色の髪の毛を取ってこなくてはならん、と王さまが命令したのです」

　おばあさんはにやりと笑って、こう答えました。「物知りじいやは、なにを隠そう、わたしの息子だ、これは火を見るよりも明らかなこと。朝は子ども、昼間は大人、そして夜にはじいやになるのさ。わたしが、あの子の黄金の頭から髪の毛を三本取ってあげよう。わたしも、名前だけのおまえの名づけ親にならないためにもね。だがね、おまえはここにいちゃだめだ！　あの子はいい子なんだけどね、腹をすかして帰ってきたら、おまえを焼いて、夕食のおかずにしかねないんだ。ここにからっぽの桶があるから中にお入り、ふたをしておこう」

　スイスイは、旅の途中で会った人たちに答えを教えると約束した三つの疑問についても、物知りじいやにたずねてくれるようお願いしました。

　「わかったよ」おばあさんは答えました。「耳をすまして聞いておくんだよ」

　するととつぜん、外で風が吹き、西の窓から部屋のなかに太陽がとびこんできました。それは、黄金の頭をもつじいやでした。「クンクン、人間のにおいがするな」そしてこう言いました。「かあさんや、だれかおるのか？」――「昼間の星でもあるまいし、おまえが見えないというのに、だれがここにいるかね？　おまえさんは人間の世界を一日じゅうとんでいたから、そこで人間のにおいをかいだのだろうよ。夜、家に帰ってからもまだそのにおいがするのも不思議じゃないさ！」じいやはなにも言わずに、夕食の席につきました。

　夕食のあと、じいやは、おばあさんのひざの上に黄金の頭を乗せ、うたたねをはじめました。眠りこんだのを見たおばあさんは金色の髪を一本さっとぬいて、床に落としました。

　すると、弦をつま弾いたような音がしました。「かあさん、なにか用かい？」じいやが言いました。

「いいや、なんでもないよ、うたたねをして、変な夢を見たんだ」
「どんな夢だい？」
「ある町に命の水が湧きでる泉があってね。病気になった人がその水を飲むと元気になり、死んだ人にその水を振りかけると生き返ったんだ。でも、それから二十年のあいだ、水が湧いてこないんだよ。また水が湧きだすには、なにかいい手はないものかね？」
「たやすいことだ。泉の井戸のところに一匹のカエルがいすわっている、だから水が流れないんだ。そのカエルを殺し、井戸をそうじすれば、水は昔のように流れだすはずだ」
じいやがまた眠ると、おばあさんは二本目の金色の髪の毛をぬき、地面に落としました。
「なんだね、母さん？」
「なんでもないよ、いやね、うとうとしていたら、また変な夢を見たんだよ。ある町にリンゴの木があってね、若返りのリンゴだよ。年取った人がそのリンゴを食べると、若返るという。でも、ここ二十年のあいだ、そのリンゴの木はまったく実をつけないんだ。どうしたらいいかね？」
「たやすいことさ。リンゴの木の下にはヘビがいて、そいつがおいしいところをぜんぶ吸いとってるんだ。そのヘビを殺し、リンゴの木を別の場所に植え直せばよい。そうすりゃ前のように実をつけるはず」
そのあと、じいやはまたすぐに眠りこんだので、おばあさんは三本目の金色の髪の毛をぬきました。「まったく、かあさんや、寝かしてくれんのか？」じいやはきげん悪そうに言うと、立ち上がろうとしました。「まあまあ、寝てなさい、おまえや！ そう怒らないで、おまえを起こす気はなかったんだ。でもね、うとうとしていたら、また変な夢を見てね。黒い海にいる渡し守のことだよ。もう二十年も、渡し守をしているけれども、だれも自由にしてくれる者はいない。その男の務めはいつ終わるのかね？」――「まぬけな母さんだな！ だれかほかの者に櫓を手渡せばいい。自分は岸に向かって水に飛びこむんだ、そうすりゃ、そいつが次の渡し守になる。さあ、もう寝かしておくれ、明日の朝は早起きして、毎晩泣き暮れている王妃の涙を乾かさないといかん。なんでも、夫は、炭焼き職人の息子だそうだが、王さまはその息子とやら

に、わしの三本の金色の髪の毛をとりにいかせたそうな」

そのあと、スイスイは心からの感謝をおばあさんに告げ、出発しました。

一つ目の町にたどりつくと、王さまはなにか知らせがないかとスイスイにたずねました。「よい知らせです」スイスイは答えました。「井戸の泉にすわっているカエルを始末して、井戸をきれいにするのです。そうすれば、前のように水が流れるはずです」

王さまはすぐにそのようにさせ、水が以前のように泉からどんどん湧きでてくるのを見ると、白鳥のように白い馬を十二頭、さらに、その馬に、金、銀、貴重な宝石をのせられるかぎりのせて、スイスイに贈りました。

二つ目の町に到着すると、また王さまがなにか知らせがないかとたずねてきました。「よい知らせです」スイスイは答えました。「リンゴの木を掘り返すと、下にヘビがいるはずです。そのヘビを始末して、そのあと、リンゴの木をまた植えてください。そうすれば、前のように実をつけるはずです」王さまはそのとおりに命じると、一晩とたたないうちに、リンゴはバラにおおわれたかのように花をつけたのです。王さまはたいそう喜び、カラスのように黒々とした馬を十二頭、さらに運べるかぎりの財宝を積ませ、スイスイに贈りました。

スイスイはさらに歩みを進め、黒い海にたどりつくと、渡し守が、どうやったらここをはなれられるかわかったかね、とたずねてきました。「わかりましたよ」スイスイは答えました。「ですが、まずわたしを向こう岸に渡してください、そのあとで、お話ししましょう」

渡し守は何か言いたそうでしたが、ほかにどうすることもできないので、スイスイを二十四頭の馬とともに向こう岸に渡しました。「今度、だれか運ぶことになったら」スイスイは話しだしました。「その人に櫓を手渡すんです。そして、あなたは川に飛び

こんで岸に泳げばいいんです。そうすれば、その人が、あなたに代わって渡し守をやることになりますよ」

スイスイが物知りじいやの三本の金色の髪の毛をもってきたのを見た王さまは、自分の目が信じられませんでした。かたや、娘は泣きだす始末。悲しかったからではありません。スイスイが戻ってきたのでうれしくてうれしくてたまらなかったからです。「どこで、その馬と財宝を手に入れたんだ？」王さまはたずねました。

「ほうびをいただいたのです」スイスイはそう言うと、老人が若返るという若返りのリンゴの一件で、とある王さまを手助けし、また、病人が元気になり、死人がよみがえる命の水のことで別の王さまの手助けをしたことを説明しました。

「若返りのリンゴ！　それに、命の水か！」王さまはことばをそっとくり返しました。「そのリンゴを食べれば若くなる、たとえ死んでもその水でよみがえる！」そしてすぐさま、若返りのリンゴと命の水を探し求めて旅に出かけました——けれども、王

60

さまが戻ってくることはありませんでした。
　そうして、炭焼き職人の息子は、運命の女神の予言どおり、王さまの娘婿となりました。王さまはといえば——おそらく——黒い海で今でも渡し守をしていることでしょう。

　　　⚜ 本作は「運命の三女神」「命の水」など、さまざまな民話の要素がうまく融合したチェコの代表的な民話。「スイスイ」（チェコ語の原文では「泳ぎ上手」といった意味）などたくみな言葉づかいとともに、若者、渡し守、物知りじいやといった人びとの姿がユーモアたっぷりにえがかれている。

死の日曜日の由来――モラナの昇天

　チェコ語では、「モラナ」や「マジェナ」とも言いますが、ポーランド語で「マジャナ」、スロヴァキア語で「モレナ」、「ムレーナ」、下ソルブ語*1で「ムラヴァ」と呼ばれる西スラヴの神話上の存在は「死神」を意味し、自然界では「冬」を意味しています。民間信仰では、生きている「白衣の婦人」が姿を見せると死を宣告すると言われています。宣告された人は突然感覚が麻痺し、ずっと眠りつづけるとされています。リトアニア人たちは、冬の女神、自然の再生をもたらす「神々の偉大なる母」とも呼んでいます。この死神が力をもつのは、秋分から春分にかけての時期です。この時期の儀式は、キリスト教の信仰がこの地に根づく以前の時代から行われています。チェコでは精進の日曜に行われ、この死の女神は「スムルテルナー」、スロバキアでは「スムルトナー」と呼ばれています。女の子たちが集まり、わら人形に女性の服を着さ

せ、リボンなどで女性らしく飾りつけ、そのあと、岸辺に連れていって、そこで服をぬがせ、裸になった人形を「死神を沈めよう」と言いながら、水のなかにほうりこむのです。この儀式のときに歌う歌では、この異教の女神の名前は、たとえばこうです。「モジェナ、モジェナ、おまえは種をどこにやった？」（春の種のこと）。スロヴァキアでは、そのあと、こう歌われます。「村からムレーナを連れだし、新しい五月柱（マイカ）を村に連れてきた……」チェコでは、こう歌います。「村から死神を連れだし、新しい夏を連れてこよう……」ときには、古いモラナという名前の代わりに、マリアという名前も見られます。たとえば、こういった歌もあります。「オー、マリア、オー、マリア、長いあいだ、あなたはどこにいた？」わたしたちのモラナに似ているのが、南スラヴでは「クガ」であり、ポーランドやブルガリアでは「ジュマ」です（ジュマとは疫病にかかった女性のことで、同じように、白衣の女性が姿を見せると死をもたらすとされています）。それぞれの民話には、「クガ」や「ジュマ」が三人出てくる話がありますが、モラヴィアにも、死をもたらす三人の白衣の女性の物語があります。

（略）

　女の子たちは、死神を溺れさせたのち、通常、カラフルなリボンで飾られたモミの木の五月柱（マイカ）をもって村じゅうを歩きまわります。そして、次の歌を歌います。

　　モジェナ！　モジェナ
　　鍵をどこにやった？
　　あげたわ、あげたわ
　　聖イジー*2に
　　楽園の扉を
　　開けてもらうために。
　　あげたわ、あげたわ
　　聖ヤン*3に
　　天国の門を
　　開けてもらうために。
　　聖イジーは起きあがって

地面の鍵を開けるの
すると草が生え出す
緑の草が
赤いバラが
青々としたスミレが。

フルジム地方

＊1 下ソルブ語：スラヴ語派の言語。ドイツ東部のラウジッツで話される。
＊2 聖イジー：キリスト教の聖人で聖ゲオルギオスのこと。ドラゴン退治の伝説がある。
＊3 聖ヤン：キリスト教の聖人。使徒ヨハネのこと。「ヨハネの黙示録」には天国の門を想起させる記述がある。

⚜ ヨーロッパの復活祭は、キリストの復活を祝うだけではなく、生命が宿る春の到来を告げる行事ともなっている。「死の日曜日」とは、復活祭の二週間前の日曜日のこと。「モラナ」は自然界では冬の姿をとり、人間界では、死を告げる「白衣の婦人」の姿をとるとされ、ボヘミア各地に「白衣の婦人」の逸話が残っている。

ポムラースカの由来

「ポムラースカ」は、復活祭*1明けの月曜日と火曜日に行われる風習の一つで、ボヘミア、モラヴィア、シレジア、スロバキア、そしてポーランドの一部で今なお行われています。ボヘミアでは「シュメルクスト」や「シュメルコウス」、スロバキアでは「ムラーデンコヴァーニエ」とも呼ばれています。「ポムラースカ」という単語は、「若返らせる」という意味の「ポムラジッチ」という単語に由来していて、ヤナギやサルヤナギの若い枝のことを意味します。まず月曜日に男の子たちが、つぎに火曜日に女の子たちが枝をもって家々を訪れ、異性のおしりをたたいていきます。子どもたちは歌を歌ったお礼にプレゼントをもらいますが、男の子のポムラースカは、通常、八本の枝を結んだりまとめたりしたもので、女の子はリボンや色あざやかな布を飾りつけた一本の枝をもっています。どの地方でも、ポムラースカをつくるのは、農婦たち、とくに年配の農婦たちです。ポムラースカを手にしていちばんに外に出た男の子は子宝にめぐまれるとされています。農婦は男の子からポムラースカを受け取ると、小屋にいる牛、羊、家畜という家畜をすべてたたいていきます。みんなを若返らせるためです。翌日、今度は女の子たちがポムラースカを手にして歩くのですが、女の子たちは男の子たちにお返しをします。そう、ときにはたっぷり利子をつけて。ポムラースカには、子どもたちが受け取る贈り物という意味もあり、イースターエッグと呼ばれる赤く色がぬられた卵や、お金をもらったりします。「ねえ、なにをもらった？」——子どもたちはそう言ってたしかめあいます。ポムラースカということばは、昔から伝わる慣習が行われる時期も意味しています。つまり、復活祭明けの月曜日と火曜日のことです。

この時期、子どもたちは、エルベンが集めた『チェコの民謡や童謡』に収録されている歌を歌います。例えば、こういうものです。

祝日、祝日、
復活祭明けの日曜日、

色のついた卵をちょうだい、
色つきがなければ
白いのをおくれ。
鳥がまた運んでくるよ、
緑の枝で
部屋の片隅へ。

　　　　　　　　　　（フラデツコ地方）

おいらは、キャロル*2 を歌う小さな子ども、
おばさん！
赤い卵をもらいに
やってきたよ
赤い卵と
白いケーキをもらいに。
おたくの息子はなにしてる？

怒らないで、
おじさん！
ポケットから

硬貨を一枚出しておくれ、
ぼくにおくれ、
悪ふざけじゃないよ
心から感謝するから。

神さまは、贈り物をしてくださる、
庭でも、畑でも、
家のなかでも。
中庭にも
恵みがあるはず。
納屋からは馬の子、
小屋からは牛の子、
いちばん小さい小屋からは羊の子が生まれる。

（イチーン地方）

―――――――――――――――――――――
*1 復活祭：十字架ではりつけの刑になったイエス・キリストが3日目に復活したことを記念する日。
*2 キャロル：キリスト教の教会でクリスマスの時期に歌われる祝いの歌。

⚜ イースターエッグは復活祭の豊穣のシンボルとしてよく知られているが、チェコでは「ポムラースカ」というヤナギの若枝を編み、リボンで飾ったムチでおしりをたたく風習がある。復活祭を迎えた後の月曜、火曜に行われるこの風習は、その遊戯的な特徴のためか、今日のチェコでも見られる。

命の水

チェコ

　むかしむかしあるところに、王さまと三人の息子がいました。三人の息子がすっかり大きくなったころのことです。王さまは目に痛みを感じ、太陽の光も見ることができず、暗い闇のなかで毎日過ごさなければなりませんでした。けれども、どうしたらよいか、だれにもわかりません。ある晩、王さまは夢を見ました。命の水を手に入れ、その水で目を洗うと、すっかり目が回復するという夢です。翌日も、そしてまたその次の日も、同じ夢を見ました。そこで、王さまは三人の息子を呼びよせて言いました。
「かわいい息子たちよ、わしはこの三日間同じ夢を見た。命の水で目を洗うと、すっかり回復するという夢だ。おまえたちのうちで、その水を探しに行くと申しでる者はお

らんか？」

「わたしが参ります」──「いえ、わたしが」──「いえいえ、わたしが」と三人の息子は次々に名乗りでました。

　王さまはたいそう喜びましたが、こう返事をしました。「かわいい子どもたちよ、おまえたち全員を行かせるわけにはいくまい！　わしも老いているうえに病の身だ、全員いなくなったら、だれがわしの面倒を見るのだ？　まずは長男、おまえが行くがよい、おまえにまかせよう」

　長男はただちに旅の準備にとりかかりました。よい馬を選び、王家の財宝から金銀をあまたたずさえ、王さまに挨拶をして出かけました。三日三晩、わき目もふらず進んでいき、たどりついたのは大きな町でした。とても疲れていたうえに、その町がとても気に入ったので、そこで何日か休むことにしました。居酒屋を訪れてみると、三

人の美しい娘たちがサイコロ遊びをしています。王子は娘たちに近づいて遊ぶのを見ているうちに、すっかりその遊びのとりこになってしまいました。そのとき、娘の一人が「お賭けになりません？」と声をかけてきました。王子は遊びはじめ、それから三日三晩遊びつづけ、ついには持参していた金銀をすべて失ってしまったのです。そのあと、馬を賭けましたが、その賭けにも負けてしまいました。ついに賭けるものがなくなって、体一つしかないとなったところで、娘が言いました。「では、おたがいを賭けてみてはどう。あなたが勝てば、わたしたちはあなたのもの、わたしたちが手に入れたものもすべて、あなたのもの。わたしたちが勝てば、あなたはわたしたちのもの」王子はその誘いに乗ることにしました。サイコロを手にして、よく振って、テーブルの上に投げたところ——ついには、自分の身も手ばなしてしまうことになったのです。

　というわけで、待てど暮らせど、長男が王さまの前に姿を見せることはありません。けれども目は日増しに悪くなり、これ以上、長男を待ちつづけることはできなくなりました。すると次男がやってきて、こう申し出たのです。「父上、わたしに命の水を取りに行かせてください、きっと兄上の消息についても知ることができるでしょう」

　「ならば、行くがよい、息子よ」そう言うと、王さまは次男を送りだしました。「神のご加護を」

　王子は、よい馬に鞍を置き、王家の財宝から金銀をたずさえて出発しました。兄と同じ道を進み、三日目にたどりついたのは、あの大きな町。とても疲れていて、町もたいそう気に入ったのですこし休むことにしました。居酒屋に行くと、三人の美しい娘がサイコロで遊んでいました。王子は近づいてようすを見ていると、一人の娘がいっしょに賭けない？と誘ってきました。遊びはじめた王子は金銀をすべて失い、馬も奪われ、しまいには体も自分のものではなくなってしまいました。

　王さまは長いあいだ待っていたものの、長男も、次男も帰ってくることはなく、病気は日に日に悪化するばかり。すると、一番下の息子が王さまに申し出ました。「父上、わたしに命の水を探しに行かせてください。どこかで兄上に出会い、いっしょに帰ってくることもできるやもしれません」

　王さまは反対し、行かせようとしませんでした。「息子たちになにが起きたか知る者

はだれもおらん」さらにこう言いました。「おまえまで行ってしまって、どこかで命でも落とそうものなら、悲嘆にくれるわしをだれがなぐさめるというのか？」けれども三男はねばり強く説得し、しまいには王さまも出発を認めるほかありませんでした。

　王子は、自分の芦毛の良馬に鞍を置き、王家の財宝から必要と思われるぶんだけたずさえて、父に別れを告げて旅に出ました。やがて兄たちが足止めされている町にたどりつき、その町のことがたいそう気に入りましたが、そこに長く留まることはありませんでした。帰ってくるのを故郷で指折り待ちわびている父を思い出し、先を急いだからです。

　そのあと数日間、ほかの町に行きあたることはなく、さらに歩きに歩いてようやくある町の近くにたどりつき、深い濠にかかる橋が見えました。けれども、その橋の手前で、芦毛の馬がとつぜん起きあがったかと思うと、橋を渡るのを全力でこばんだのです。不思議に思って馬から下りてみると、濠に遺体が浮いていました。半分腐っていて、鳥や野生の動物たちに食べられていたようです。王子は、町からやってきた人たちにどうして埋葬せずにほうっておくのかとたずねました。

「借金があったんだよ」との返事。「返済する前にあの世にいっちまったんだ。こういうやつがまた出てこないように、見せしめで濠に投げ捨てられて、カラスやオオカミの餌食にしたんだ」

「もしだれかが代わりに借金を返済したらどうなるんです？」と王子がたずねます。

「そうすりゃ、人並みに埋葬されるだろうよ」と、男は言いました。

王子は町に行くと亡くなった人の借金を支払い、埋葬の手はずを整えました。

その町を出ると、今度は大きな森に行きあたりました。そこで、灰色の大きなオオカミがやってきて、王子のあとを、犬のようにへこへこしながらついてきます。王子は剣を取り出し、オオカミを殺そうとしました。

「剣を鞘にしまって、おいらをいっしょに連れていってくれ」オオカミが声を出しました。「きっと、おいらが必要になることがあるから。おまえさんの行き場所は知ってるよ。助言をしたり、手伝いもできるはずだ」

王子は剣を鞘にしまうと、オオカミをいっしょに連れていくことにしました。森をぬけると、大きな美しい草原にたどりつき、生えていたのは絹のような草でした。そこで、オオカミが言いました。「芦毛の馬をこの草原に放ち、戻ってくるまで放牧するんだ。代わりにおいらの背に乗りな、運んであげるよ」

王子はオオカミの背に座り、オオカミは風のなかを駆けあがっていき、あの森よりも高く、けれども雲よりは低いところを、ふさふさのしっぽをふっていきました。山という山を、川という川を矢のようにぴゅっととび越え、ようやくある山にたどりつ

きました。その山は水晶のように光を放ち、山にそびえる城は銀でできていました。そのとき、オオカミが言いました。「いいかい、おまえさんには一時間だけ時間がある、城には二つの泉があって、二つの黄金の桶がある。左側は死の水、右側は命の水だ。水をくむのは右の泉からだからな、どこかで油を売ったりしちゃだめだぞ。いいかい、ここに戻ってくるまでに一時間をすこしでも過ぎようものなら、とんでもないことになるからな」

　王子は城に入ると、中庭の右側にある泉から桶で命の水をくみあげ、瓶に注ぎおえると、すぐにその場を去ろうとしました。ですが、その瞬間考え直しました。「せっかく銀の城にいるというのに、中になにがあるか見もせずに立ち去るのももったいない」踵を返し、城のなかに入っていきました。一つ目の部屋のドアの近くでは、頭が十二もある恐ろしいドラゴンが番をしていましたが、運よくすやすや眠っていました。二つ目の部屋には、十二人の美しい少女が銀色のベッドで一列に並んで横たわっていましたが、みんな眠っています。三番目の部屋に行くと、一人の少女がいました。

その姿はあまりにも美しく、ことばで表現することも、別のことを考えることもできないほどで、おとぎ話のなかでいったいどうやって説明したらいいのか頭を悩ますほどでした。黄金のベッドに眠っていて、頭には黄金の冠をのせ、銀のベルトが隣のテーブルに置いてありました。王子は少女に近づくと胸が高鳴りました。オオカミが窓の向こうに姿を見せ、急げと合図を出さなければ、そのままずっと立ちつづけていたにちがいありません。王子はすぐに自分の銀のベルトをはずして、テーブルに置くと、代わりに少女のベルトを自分の体に巻きつけました。オオカミの上に乗るやいなやオオカミは風で舞いあがり、城では大きな嵐が起きました。そして十二の頭をもつドラゴンがあとを追いかけてきて、今にも追いつかれそうになったのです。ですが王子は剣を取りだすと、一撃でドラゴンの翼をばっさり。ドラゴンは雲から海中に落っこちて、海水が雲の近くまで噴きあがりました。

ふたたびオオカミと出会った森のなかのもとの場所に戻ると、オオカミは王子に声をかけました。「さあ、達者でな。おいらはもう行かないと。君には感謝してるよ。おいらは、君が借金を肩代わりして、埋葬してくれた人物の霊なんだ。だから、君に仕えていたんだ。でも、去る前にもうひとつ言っておくよ。旅の途中で、絞首台の肉には手を出さないこと。買ったら、ひどいめにあうよ」そう言うと、オオカミは一瞬にして姿を消しました。

王子はさらに先へ行き、兄たちが足止めされている町にたどりつきました。すると、

門から群衆があふれ出しています。王子は馬を駆って、群衆の一人に何事かとたずねました。
「二人の男が絞首台行きになるのさ」との返事。
「サイコロで負けつづけ、そのうえ逃げようとしたんだ」連行されてきた二人を見ると、それは、兄たちでした。兄たちも弟に気づいたようですぐにひざをつき、お願いだ、支払いを肩代わりしてくれ、と頼んできました。王子はすぐに必要な額を支払い、二人の兄を連れて帰りました。

道中、兄たちは弟にたずねました。「おい、父上の命の水をもってきたか？」

「ええ」と末の弟は答え、瓶を兄に見せました。
「神のご加護があらんことを。よくやった！」兄たちはそう言ってほめたたえましたが、心のなかは裏腹でした。弟の幸運をねたましく思ったばかりか、自分たちの悪い素行を父に言いつけられるのではないかと心配になったのです。そこで、二人はわき道にそれて、弟から命の水をうばい、父の前で面目をつぶそうとたくらみました。そして道中、ある町で一晩泊まろうと弟を説得しました。

「昼も夜も歩いてばかり」兄が言いました。「ぜんぜん休んでないじゃないか、おまえの具合が悪くなったら、父上も悲しくなるはず」

夜、弟が眠りにつくと、兄たちは命の水の入った瓶の中身をぬき、代わりに毒の入った水を入れたのです。

家に到着するとすぐに末の王子が父に近づき、喜びいっぱいに父の前に瓶を差し出しまし

77

た。「父上、もってまいりました」末の王子が言いました。「お望みのものです、回復されるとよいのですが」

「父上、信じてはだめです」二人の兄たちが話に割って入りました。「こいつはうそつきの詐欺師です。父上に毒を盛ろうとしているんです。命の水を手に入れて帰ってくる道中、こいつが絞首台にのぼる寸前にわたしたちがお金を払って助けたのです。わたしたちを信じられないなら、それを犬に飲ませてみてください、そうすればわかります」

王さまが命じ、その水を犬に飲ませてみたところ、犬はすぐに息絶えてしまいました。兄たちが弟からうばった本物の命の水を取りだして、死んだ犬にすこし振りかけてみると、犬はすぐに生き返って、元気になりました。そのようすを見た王さまは末の王子に怒り、末の王子が言うことばには一言も耳を傾けず、その姿が目に入らないように塔に閉じこめろ、と命じました。

塔に閉じこめられた王子は、これからいったいどうなることかと腰かけながら想いをめぐらし、道中、処刑台の肉を買わないようにと助言したオオカミのことばを思いだしました。

「おまえの言うことを聞いておけばよかった」王子はふう、とため息をつきました。「そうすれば、悪人のようにここで腹をすかせて死ぬことはなかったのに！」

「いや、君は死なないよ」塔の上の小さな窓から声が響きました。「悪さはいくらでもできるが、最後に勝つのは真実さ。気を落とさないで頑張るんだ」それはあのオオカミの声でした。王子に食べ物を運んで来てくれたのです。「今日から毎晩訪ねるよ」オオカミは言いました。「君が解放されるまでずっとね」

さてさて、銀の城がその後どうなっているか、ちょっとのぞいてみましょう。王子が城を去り、道中、十二の頭をもつドラゴンが退治され海に沈められたころ、黄金のベッドで寝ていた少女がようやく目を覚ましました。そればかりか、十二人の娘たちも夢から目を覚ましたのです。水晶のような山は喜びで緑色に輝き、かつては砂漠しかなかったところに大きな美しい町ができました。大勢の人が集まっては、呪いが解けた、ドラゴンから解放されたぞ、と声をあげて喜びました。

それからしばらくして少女は女王になり、美しい男の子が生まれました。男の子は、

年を経るごとに、というよりも日を追うごとに成長していきました。七歳になった男の子は、母の宝物のうちのひとつ、黄金の棚から銀のベルトを見つけました。それは、かつて王子が残していったものでした。男の子はベルトを手に取って母のもとに行くとたずねました。「お母さん、これはなに？」

　「おまえのお父さんのベルトよ」女王は答えました。

　「ぼくのお父さんはどこ？　会うことはできるの？」

　「お待ちなさい、きっと来てくれるはずだから、手紙を出しましょう」

　この女王は、とても偉大で権力をもっている支配者だったので、他国の王や貴族たちから恐れられていました。銀の城を訪れた人物はだれか、女王にはわかっていました。ベルトに刻まれた印章に気づいていたからです。女王は椅子に腰かけると、三人の息子がいる王に手紙を書きました。手紙には、「わが銀の城から命の水をもっていったおまえの息子をただちにこちらによこすこと」と書いてありました。

　この手紙を読んだ王さまは二人の息子を呼び寄せて、女王が依頼してきたことを伝えました。息子たちは気まずく思ったものの、本当のことは打ち明けず、二人でいっしょに女王のところに行きましょうと返事をしました。父をだましたように、女王もだませると考えていたのです。

　「おまえたち二人をいっしょに行かせるわけにはいかん」王さまが言いました。「わたしはもう年寄りで、棺桶に足を一本つっこんでいる。おまえたちのうち、一人は残ってもらわんと困る。長男よ、おまえが行ってくるがよい、それがいちばんいいだろう」

　というわけで、長男が向かうことになりました。さて、そうは言ったものの、どれだけはなれているのか、どれだけ遠いのか、わかりません。けれども、幸いにもどうにか銀の城にたどり着きました。城には、門が二つ、橋が二本ありました。ひとつの橋は鉄でできていて、もうひとつは金でできていました。窓ごしに見ていた女王の息子は、王子があたりを見まわすようすを見て、母親に声をかけました。「お母さん、お母さん！　お父さんが来たよ！」

　「どの橋を通っているか言ってごらん、息子よ」女王がたずねました。

　「鉄の橋だよ」

　「それは、おまえの父ではない」女王が言いました。「おまえの父は命の水のために

命を惜しむような人ではなかった、金の橋でも通るのをためらわないはず」

王子が女王の前に姿を見せると、女王はこうたずねました。「命の水を取りにこの城にやってきたときに目にしたものを言ってみなさい！」

王子は、さて、どう答えたらいいかわかりません。

「うそつきの詐欺師め」女王が言いはなちました。「塔に閉じこめろ！」そのあと、もう一通の手紙を王に送りました。「息子をこちらによこすこと、わたしの銀の城から命の水をもっていったほうだ。おまえが送った息子は、うそつきの詐欺師だ」

二通目の手紙を読み終えた王さまは、すっかりひるんでしまい、二番目の息子を呼び寄せて、命の水をもってきたのは本当におまえかとたずねました。

「さようでございます、父上」王子は答えました。「わたしがただちに女王のところにまいりましょう」

頭の回転がはやい次男は、女王もうまくあざむこうと考えていました。

銀の城に到着すると、窓から見ていた女王の息子が母親に呼びかけました。

「お母さん、お母さん、お父さんが来たよ！」

「どっちの橋？」

「鉄の橋だよ」

「それは、あなたの父ではない。命の水のために命を惜しむような人ではないの、金の橋でも通るのをためらわないはず！」

二番目の王子が女王の前に姿を見せると、女王は命の水を取りに来たときに城で目にしたのはなにかとたずねました。王子は、貴族や使いの者たちが大勢いました、と答えました。

「うそだ」女王は言いはなちました。「うそつきの詐欺師め！　こいつを塔に閉じこめろ」そのあと、女王は王にあてて三通目の手紙を書きました。「貴国および貴殿が賢明であるならば、ただちに息子をこちらによこすこと。ただし、わたしの銀の城に滞在し、命の水をもっていった本当の人物のほうだ。これまでやってきた二人の息子はうそつきの詐欺師で、この世にはもういない」

あわれな王さまは雷に打たれたかのように顔をしかめました。恥ずかしいことに二人の息子にだまされたこと、そのうえ、事情を聞くことなく、三男の罪を早合点したのを悲しく思いました。どうしたらよいか、途方に暮れました。女王は強く迫って

いますが、息子はもう一人もいません。そこでせめて骨だけでも送ろうと考え、ただちに塔を取り壊して、息子の遺骨を収集するようにと命じました。職人たちが壁を塗った箇所を取りはずすやいなや、閉じこめられていた王子はすぐに外に飛びだすと、父のもとに駆けよってきて首に抱きつき、真実を打ち明け、どうやって死をまぬがれたかを話しました。年老いた王さまは涙を流しながら、ひざまづきそうな姿勢で許しを乞い、ただちに悪い兄たちの身に起きたこと、女王が望んでいることを話しました。王子はその話を聞くとよろこんで飛びあがり、自分の馬に鞍を乗せ、父に別れを告げるとすぐに出発しました。

女王の息子はまた窓のところにたたずんでいて、王子がやってくるのを見ると、「お母さん、お母さん、お父さんだよ！」と声を張りあげました。

「どっちの橋？」

「金の橋だよ、橋の金がはねあがっているよ！」すると、女王が答えました。「ほら、言ったでしょう。命の水のために命を惜しまない人だから、橋が金でも通るのをためらわないって」目の前にあらわれた王子に女王はたずねました。「命の水を取りに来たときに、この城で見たものはなに？」

王子はすべてを見事に言いあて、自分のベルトの代わりにもっていった女王のベルトをテーブルに置きました。

それはなんというよろこびでしょう！　聞きたいことも話したいことも積もるほどあったはず！　王子はすぐに年老いた王さまのもとに使いを出し、到着した王さまは子どものように涙を流しました。女王は、晴れやかな祝宴を用意させ、宴は二週間あまりもつづきました。国内でつかまっていた者たちをすべて解放し、若い王さまはあらゆる借金を肩代わりしてあげました。

これがとうの昔であるのは残念、ほんとうに残念。もし、今日こういうことがあったら、借金をしている人も、お金を貸した人も、気が晴れたでしょうに！

⚜ 生命の浄化を象徴する「命の水」の話はヨーロッパの各地に見られ、本書でも複数の話に登場する。本作は、グリム童話の「命の水」と話のあらすじは似ているが、描写がより細かいところが特徴的である。読みくらべてみるのもおもしろい。

婚礼衣裳

11時の鐘が鳴った、
ランプはまだ灯っている、
ランプはまだ燃え、
光が祈祷台までのびている。

天井が低い部屋の壁には
聖母の絵。
花開いたバラと蕾のように
聖母が幼子を抱いている。

力が宿る聖母の手前で
娘がひざをついている。
ひざをつき、頭を垂れ、
胸の前で手を合わせている。
瞳からは涙がこぼれ、
悲しみで胸がいっぱいになり、
白い胸元に
涙がぽとり。

「ああ、神よ！ わたしの父さんはどこ？
亡骸は草でおおわれているかしら！
ああ、神よ！ わたしの母さんはどこ？
父さんのとなりで——横たわっているはず！

妹はあれから一年経たずにこの世を去り
弟は銃弾に倒れた。

命を投げだしてもかまわない愛しい人が
このわたしにはいたというのに！
あの人は異国に出かけたきり
帰ってこない。

異国に出かけるとき、あの人は
ことばをかけて、涙をぬぐってくれた。
『亜麻の種をまくんだ、愛しいおまえ、亜麻の種を。
毎日、ぼくを思いだしておくれ。
一年目には糸をつむぎ、
二年目には布をぬらし、
三年目には服を縫っておくれ。
縫い終わったら、
ヘンルーダ*1の花輪を編みこんでおくれ』

わたしは服を縫いおわり
木箱にしまった。
花はしおれてしまったというのに、
深い海に沈められた小石のように、
あの人は世界をさまよっている、
あの広大な世界を。
三年たっても便りはなく、
生きているのか、達者でいるのか、知るのは神のみ！

偉大なる聖母マリアよ、
ああ、どうかお助けを。
愛しい人を異国からお戻しください。
わたしに幸せをもたらす唯一の花を、
愛しい人を異国からお戻しください。

さもなければ、わたしの命をうばってください。
あの人の近くにいれば、人生は春先の花のよう。
あの人がいなければ、世界は暗闇。
マリア、慈悲深き母よ、
悲嘆に暮れるわたしをお助けください！」

壁の絵ががたりと動き、
娘は恐れおののき、悲鳴を上げる。
うっすら灯っていたランプは
ぱちっと音を出して消えた。
風が吹いたのか、
それとも、悪いことの前兆か！

しっ！　玄関から足音が、
窓から──コン、コン、コン！
「眠っているのかい、愛しいおまえ、起きているかい？
ほら、愛しいおまえ、帰ってきたよ！
ほら、愛しいおまえ、なにしてる？
ぼくのことがわかるかい、
それとも、ほかにいい人がいるのかい？」

「ああ、あなた！　なんということ！
ずっと考えていたの。
あなたのことをずっと、
祈りを捧げながら！」

「ハッハッ、祈りなんてもう不要──さあ、いっしょに行こう
いっしょに出かけよう、ついておいで。
月明かりが道を照らしている

花嫁を迎えに来たんだ」

「ああ、なにを言うの？
どこに行くというの——夜遅くに！
風は轟き、夜はまだ深いというのに。
朝まで待って——夜明けはもうすぐだから」

「ハッハッ、昼は夜、夜は昼。
昼には、夢がわたしの目を押しつぶしてしまう！
ニワトリが目覚める前に
君を娶らなければ。
ぐずぐずせず、こっちにおいで、
今日、君は花嫁になるんだ！」

闇の深い夜、
空高く月は光り、
静かな村にひとけはなく、
ただ風が荒れ狂うばかり。

男は前を行く——ひゅっ、ひゅっと、
娘はあとを追う、一歩一歩。
においに感づいた
村の犬が吠えだす。
奇妙なものをかぎだし、
近くに死人がいる、と！

「雲ひとつない、美しい夜には
墓場の死者が目覚めるという。
意外と近くにいるかもしれない——

愛しい人よ、怖くはないかい？」

「なにを恐れるの？　あなたといっしょで
神さまが見守ってくれている。
ねえ、教えて、
あなたのお父さまは生きているの、元気なの？
あなたのご両親に
お目にかかれるの？」

「君はたずねてばかり、質問ばかり！
いいから、急ごう、今にわかるから。
いいから、急ごう、時間は待ってくれない、
先はまだ長い——
右手にもっているのはなんだい？」

「祈祷書よ」

「そんなもの捨ててしまえ！
祈りの本など、石よりも重いじゃないか。
捨ててしまえ！　道を急ぐなら
身軽にならないと」

男は娘の本を手にとり、投げ捨てる、
そして十マイル*2をひとっとび。

丘をぬけ、岩場を通り、
森の休閑地をぬけていく。
茂みや岩陰では
野生の雌犬が吠え、

フクロウが噂（うわさ）している、
不幸は近くに潜（ひそ）んでいる、と。

男はつねに前を行く、ひゅっ、ひゅっと、
娘（むすめ）はあとを追う、一歩一歩。
いばらやじゃり道を
白い足がかき分けていく、
茂（しげ）みや小石に
血のあとを残しながら。

「雲ひとつない、美しい夜には——
死者が生者とともに歩くという。
意外と近くにいるかもしれない——
愛（いと）しいおまえ、怖（こわ）くはないかい？」

「なにを恐（おそ）れるの？ あなたといっしょで
神さまの手が守ってくれている。
ねえ、教えて、
あなたの家はどうなっているの？
きれいなお部屋？ 明るいお部屋？
近くに教会はある？」

「君はたずねてばかり、質問（しつもん）ばかり！
いいから、急ごう、今にわかるから。
いいから、急ごう、時間はすぐに過（す）ぎてしまう、
先はまだ長い——
腰（こし）につけているのはなんだい？」

「ロザリオ*3よ、もってきたの」

「ハッハッ、ミツバウツギ*4 のロザリオは
ヘビのように君にからみつき、
胸が苦しくなって息ができなくなる。
捨てるがいい、足手まといだ！」

男はうばうと、投げ捨てる、
そして二十マイルをひとっとび。

水たまりや草地や沼地を越えて
湿地に向かうと、
沼地や洞窟では
ちらちらと青光りするものが
たてに九つ、よこに二列。
鬼火が墓場を目指しているかのよう。
小川からはカエルがあらわれ、
葬送歌をゲロゲロ歌う。

男はつねに前を行く、ひゅっ、ひゅっと、
あとを追う娘の歩みは遅くなる。
ナイフのようにするどい葉が
哀れな娘の足を切り、
シダの緑の茂みは
娘の血で紅く染まっている。

「雲一つない、美しい夜には
死者は墓場に急ぐという
意外と近くにいるかもしれない――
愛しいおまえ、怖くはないかい？」

「なにを恐れるの？　あなたといっしょで
神さまの意志が守ってくれている！
でも、歩みを止めて、
すこし休ませて。
息が切れ、足も動かない
刀が刺さっているかのよう」

「さあ、急ごう、愛しいおまえ、
もう着くはず。
みんな待っている、宴会も用意されている、
光陰矢のごとし。
そのひもはなんだい？
首につるしているひもは？」

「母さんの形見の十字架」

「ハッハッ！　呪われた黄金の
角がとがっているぞ。
君を刺すかもしれない、ぼくは大丈夫だが。
捨てるがいい、そうすれば鳥のように軽くなる！」

男は十字架をうばうと、投げ捨てる、
そして三十マイルをひとっとび。

広大な平野に出ると
巨大な建物が立っている。
窓は細く長く
屋上には鐘塔が。

「はは、愛(いと)しいおまえ、ようやく着いた！
なにも見えないかい？」

「ああ！　教会かしら？」

「教会ではない、ぼくの城(しろ)だ！」

「墓地(ぼち)かしら──十字架(じゅうじか)が並(なら)んでいる？」

「十字架(じゅうじか)ではない、ぼくの庭だ！
ほほ、愛(いと)しいおまえ、こっちを見て、
この柵(さく)を乗(の)り越(こ)えるんだ」

「やめてちょうだい！　ほうっておいて！
あなたの目は変で怖(こわ)いわ、
息も毒に犯(おか)されたよう、
心も氷のよう！」

「心配ないよ、おまえ、心配ない！
あそこは楽しく、なんでもそろっている。
血は流れないが、肉もたっぷり。
今日は特別な日になるはずさ！
その包(つつ)みの中身はなんだい？」

「わたしが縫(ぬ)った服よ」

「二着あれば十分
君のぶんと、ぼくのぶん」

男は包みをうばい、うすら笑いを浮かべながら
柵の向こう側の墓のほうに投げ捨てる。
「心配する必要はないよ、ぼくを見てごらん
柵を飛び越えて、包みのあるほうにおいで」

「あなたはずっとわたしの先を行き、
わたしはひどい道を追いかけてきた。
今度も先に
ひとっとびして、道案内をして」

男は柵をひとっとび、
だまされることなど考えずに。
五尋の高さをとび越え、
娘の姿はもう見えない。
娘は逃げてしまい
白い服が光を放つだけ。
棺はすぐそばにあるが
娘が逃げるとは予期せずにいたのだ！

そこに小屋が一棟。
低い扉には閂。
きしむ扉は娘を迎え入れ、
閂が娘を守る。
窓のない質素な建物、
わずかな隙間から月明かりが射すのみ。
鳥かごのような堅牢な建物、
中に横たわっているのは――屍。

ああ、外では物音が激しくなり、

墓地の化け物が群れをなし、
ざわめきながら、あたりをたたき
がなり立てている。

「体は墓地に戻るもの、
魂を軽んじる者に災いあれ!」

そのとき、扉がドン、ドン、ドン!
男が外からわめきだす。
「起きろ、死者よ、目覚めよ、
閂を外せ!」

死者は目を開き、
目をこする、
意識が戻り、頭を上げ
あたりを見渡す。

「ああ、神さま、お助けを
わたしを悪魔に渡さぬよう!
死者よ、眠っていなさい、
主よ、永遠の安らぎを与えたまえ!」

死者は頭を垂れ
瞳を閉じる。——

すると、ふたたび、ドン、ドン、ドン
さきほどより強い音が。
「起きろ、死者よ、立ちあがれ、
部屋を開けよ!」

轟音と声に反応し、
死者は棺から起きあがり、
硬直した腕を
門のほうに向ける。

「わたしの魂を救いたまえ、イエスさま、
至高の慈悲をお恵みください！
死者よ、眠っていなさい、
神よ、安らぎを与えたまえ——死者とわたしに！」

死者はまた頭を下げ、
手足をのばす——

そしてまた、外から、ドン、ドン、ドン！
娘は目を開けることも、耳を傾けることもかなわず。
「起きろ、死者よ、さあ、さあ！
娘を手渡すんだ！」

ああ、哀れな娘！
三度目にして死者が立ちあがり、
どんよりとした大きな瞳を
生気を失った娘に向ける。

「マリアさま！　ともにあらんことを！
子なるキリストのかたわらで祈りたまえ！
わたしの祈りは足りないかもしれません、
でも、わたしの罪をお許しください！
マリアさま、慈悲深き母よ
悪の力からわたしを解きはなちたまえ！」

しっ！　すると高みから
ニワトリの鳴き声が。
そのあと、村じゅうのニワトリというニワトリが
合唱をはじめる。

起きあがろうとした死人は、
地面にくずおれる。
外は静かになり、物音ひとつしない。
死者の群れも、男も消えた。――

朝、ミサに訪れた人びとは
驚愕するはず。
墓がひとつ、空っぽになり
死者の部屋に娘がいる。
墓石という墓石には
縫い終えたばかりの婚礼衣裳の切れはしが。――

娘よ、神に助けを求め、
想いを託し、
悪しき男を拒絶したのは賢明だった！
別の道を選ぼうものなら、
悪い結末を迎えていたはず。
白く美しい体は
あの服と同じ運命をたどっていただろう！

───────────────
＊1　ミカン科の低木。強い香りと殺菌作用があり、ハーブとしても用いられる。また、素朴な黄色の小さい花を咲かせる。
＊2　マイル：1マイルは約1.6キロメートル。ここでは10マイル＝約16キロメートル。
＊3　ロザリオ：キリスト教のカトリック教会において、聖母マリアへの祈りを唱える際の道具。珠と十字架からなる。
＊4　ミツバウツギ：落葉低木の一種。種はロザリオの珠に使われる。

⚜ 墓場から死者が愛する者を迎えにくるというあらすじは、ドイツの詩人ビュルガーの「レノーレ」などヨーロッパの各地で見られ、本作も民間伝承を下敷きにしている。対話を中心に物語が進むのはバラッドの典型的な特徴であるが、本作では相手が死者であるため、最後まで緊迫感が漂っている（詩集『花束』所収）。

命の太陽

空に昇る太陽が
喜びに満ちて輝いている。
君がこの世にいてくれるのは
ああ、なんとうれしいことだろう！

星のめぐりあわせで
幸せに影が差しても、
この世界はなににもまして

喜ばしい！

なににもまして
君が好きだ。
真珠よりも、黄金よりも、
天の光が！

創造主がやってきて言う
「世界を半分授けよう。
代わりに、
二、三年のあいだ
わたしに尽くすのだ」

ぼくはこう答える、
いや、約束はけっこう、
ぼくは、この世で
満足しているよ、って。

天使が空から舞い降りて
ことばをかける。
「いいかい、君、
これは神の御心だ。

肩の荷を
下ろしたければ、
君の魂に
永遠の喜びをもたらそう」

ぼくはこう答える、お願いだ、

その喜びをしまっておいておくれ、
君を満足させるのは
まだ早いから！

遅かれ早かれ
君はぼくを天に連れていく。
今はまだ、太陽のもとに、日の光のもとに、
ぼくをとどめておくれ！

ああ、太陽、お日さま、
神々しきものよ！
ぼくを照らし、ぼくに喜びをもたらし、ぼくを暖めておくれ、
できるかぎり長く！

⚜ 太陽に対する感謝の気持ちにあふれた詩。「物知りじいやの三本の金色の髪」など他の作品でも、太陽は、超自然的な力の象徴として重要な役割を担っている。

動物のことば

ヤナギ

朝、男は食卓に座り、
幼い妻に問いかける。

「愛しい妻よ、
君はいつも裏表なく、

心を開いているというのに、
あのことはまだ打ち明けてくれない。

二年間いっしょに暮らし、
不安は、ひとつだけ。

愛しい妻よ！
眠りに落ちると、どうなるのか？

床につく前は溌剌としているも、
夜、横たわっているのは、亡骸の君。

動きもせず、音も立てず。
魂の気配すらない。

君の体は冷え切って
まるで亡骸のよう。

幼子が泣き叫んでも、
目覚めない。

愛しいおまえ、
病の身なのか？

病が妨げになっているのなら
賢明な助言を求めよう。

畑には薬草が数多くある、
君を治す薬草もきっとあるはず。

薬草がだめなら、
魔法のことばもある。

天気を変え、
嵐でも舟を守る魔法のことばが。

魔法のことばは炎をあやつり、
岩を砕き、竜を投げ倒す。

明るい星を天から引きずり落とす。
魔法のことばで、君は癒えるはず」

「ああ、あなた、愛しいあなた！
空疎なことばに耳を傾けてもむだ。

生来のさだめに
効く薬はどこにもないの。

運命の女神が説く未来の前で
人間のことばはひれ伏すばかり。

床の上のわたしに魂がなくとも
神の御力はわたしに宿っている。

神の御力とともにあるわたしは
毎晩、見守られている。

亡骸のように寝ていても
朝には魂がまた舞い戻る。

朝にはまた立ちあがる。
神の思し召しに身をゆだねればよいの！」

妻のことばに耳を傾けない
夫には別の考えが。

火床の近くに腰かけた老婆は
お椀からお椀へと水を測っている。

十二のお椀が一列に並ぶなか、
夫は占い師の老婆に助言を求める。

「おばあさん！ あなたは物知りで
未来も見透かせる。

どこから病気が生まれ、
死んだ女性がどこへいくのかも。

教えてほしい、
妻の身に起きていることを

健やかに眠りについたと思いきや
夜、横たわっているのは屍。

動かず、音も立てず、
妻の魂はいずこ？

妻の体は冷え切って
まるで亡骸となったかのよう」

「半分の命しかないのに
死んでいるのは当たり前。

昼、おまえと暮らす妻の魂は
夜、木に宿る。

牧野近くの小川に行くがいい、
白い樹皮のヤナギの木があるはず。

黄色い枝がのびていて
妻の魂はその枝に宿っているはず」

「わたしが欲しいのは、
ヤナギに宿る妻ではない。

妻といっしょに暮らしたいのだ、
ヤナギなど大地で朽ち果てるがいい」

男は斧を肩まで振りかぶり
ヤナギを根っこから伐採する。

ヤナギの木が小川に倒れこむと
地面の奥深くから音が響く。

まるで母が亡くなったかのような
うめき声、ため息が。

母が、子どもを見つめながら
亡くなったかのように。

「なぜ、みな、わたしの家に急ぐ？
誰がために弔いの鐘は鳴っている？」

「おまえの大切な妻が亡くなったのだ、
木が一瞬で切り落とされたかのように。

子どもを見つめ、ため息をつき、
息を引き取った」

「ああ、なんていうことだ、ああ、
知らぬ間に妻を殺めていたとは。

このときを境に
わが子は、片親となってしまった。

おお、ヤナギの木よ、白いヤナギの木よ、
なんという苦痛をわたしに与えるのか！

命の半分がうばわれたも同然
わたしは、どうしたらいい？」

「川からわたしを拾いあげ、
黄色の枝を切り落とすのです。

板を切りぬき、
ゆりかごをつくりなさい。

ゆりかごにあの子をのせれば、
泣きやむはず。

ゆりかごが動けば、
母が子どもの面倒を見る。

あやまって落ちないように、
枝は岸辺に並べなさい。

あの子が大きくなったら、
この木で笛をつくるはず。

笛を吹けば、
母が語りかけるはず」

⚜ 人間が動物などに姿を変える「変身譚」は各地の民話に見られるが、本作には、人間とヤナギの木が命を分かちあうという独創的な世界観が見られる。エルベンが故郷ミレチーン周辺の民話をもとにして、韻文形式で綴ったバラッド（詩集『花束』所収）。

チェコのことわざ

　異教の時代には、ことわざは、薬草とともに、善き行い、悪しき行いをするうえでもっとも大切で、もっとも有力な手段のひとつと見なされ、場合によっては、薬草にも増して力があると考えられていました。リブシェ*1の姉カジにまつわる古い伝説では、薬草とことわざで治療が行われ、ことわざで死神を追い払ったと記されていたり、ことわざで紛失したものが見つかったと記されています。異教がキリスト教にその地位を明け渡してからも、しばらくボヘミアでは、占い師、まじない師、予言者、吟遊詩人、グスラ*2奏者といった人びとがそれぞれの術を操っていたそうですが、1092年、ブジェチスラフ二世によって追放されたと言われています。ですが、それからおよそ二百年後（1283年）、冬の聖ステファノの日*3に、プラハのみならず、ボヘミアの土地にもかかった虹から明るい未来を占ったというキリスト教徒の女性に関する記述が年代記に記録されています。

　ことわざによる治療は、ボヘミアでは、異教の時代からその後の時代まで、数世紀にわたってとだえることなく受け継がれてきました。現在では、おまじないのことばを唱えると嘲笑の的になったり、なにかの折に若い人たちが遊びや冗談のつもりで占いをする程度ですが、人里はなれたところでは、年配の女性たちがリウマチ、回虫、あるいはほかの病を追い払うために昔から伝わることばを用いています。そのことばは、お母さんやおばあさんが内緒で教えてくれたもので、自分の娘、あるいは伝えるにふさわしいと思う人に同じように注意深く教えていくのです。ときには、それなりの報酬と引き換えに教えることもあります。というのも、この力を保ち、この術がうまく働くには、清めのことばが一字一句変わらないことが大切なのです。

　　　　　　　　　　　　『病のときに使われるチェコのことわざ』（改訂版）より

---

*1 伝説上のチェコの王妃。その予言にもとづいて、プラハの町や城が建設されたという。
*2 グスラ：吟遊詩人が叙事詩の弾き語りに使う弦楽器。
*3 聖ステファノの日：キリスト教の祝日で、殉教者ステファノを記念する日。

回虫退治には

けがれなき聖母マリアには
三人の姉妹がいた。
ひとりは、糸をつむぎ、
もうひとりは、布を織り、
三人目は、回虫を追い払った。
○○○○（人名が入る）の
心臓を清め、
肝臓、肺、
血、内臓を清め、
回虫が肉を口にせず
血を口にせず
平穏をもたらすように、と。

父なる神、息子の神、聖霊も助けたまえ、アーメン。

風邪のときには

悪いものはすべて出ていくがいい。
奇妙なもの、湿疹も
感染するもの、魔力を秘めるものすべてが。
わたしの心がおだやかになり、
○○○○（人名を入れる）が
おだやかになりますように！

それから三度、十字を切り
病人に息を吹きかけること。

⚜ 民衆の言葉にまつわるものすべてに関心を寄せていたエルベンは、民話や歌だけではなく、ことわざも数多く収集していた。ここに収録されているのはその一例で、かつて人びとは呪文やおまじないのように言葉の力を信じていたことを示している。

動物のことば

ブルガリア

　あるヒツジ飼いが森でヒツジの番をしていたときのことです。シューという音が聞こえてきたので、音のするほうに行ってみると、火が燃えさかり、一匹のヘビが火に囲まれていました。助けてください、とヘビは助けを求めてきました。ヒツジ飼いが杖を差しだすと、ヘビは杖をつたって火の外に出て、すぐにヒツジ飼いの首に巻きついてきました。「なんていうことだ！」ヒツジ飼いはうめき声をあげました。「せっかく助けてやったのに、恩返しがこれかい？」——「ご心配なく」ヘビが返事をしました。「わたしを父のところに、ヘビの皇帝のところに連れていってくださいませ」ヒツジ飼いはほかになす術を知らなかったので言うことを聞くことにしました。進んでい

くと、とある門に行きあたりました。その門は、なんと何匹ものヘビがからんでできたものでした。ヒツジ飼いの首にいたヘビがピーと口笛を吹くと、さっとヘビの門が開き、ヒツジ飼いは中に迎えいれられました。「お待ちなさい」ヘビはヒツジ飼いに声をかけました。「いいですか、わたしの父のところに着いたら、父は、金であろうと銀であろうと好きなものをあなたに授けるはずです。ですが、あなたはこうお願いするのです、ありとあらゆる動物のことばがわかるようにしてほしいって」

　二人を見たヘビの皇帝は、こんなに長いあいだどこに行っていたんだ、と息子のヘビにたずねました。息子は、どこでなにがあったのか、このヒツジ飼いに命を助けられたことを説明しました。

　「そうか！」ヘビの皇帝はヒツジ飼いに言いました。「わたしの息子を助けてくれたお礼をしたいのだが、なにか望みのものはあるか」――「わたしが望むものはただひ

とつです、あらゆる動物のことばがわかるようにしてほしいのです」
　ヘビの皇帝は、それはたいそう危険なものだから、なにか別のものがよいのでは、と提案しました。けれども、ヒツジ飼いはかたくなに自分の意見を曲げることがなかったので、ヘビの皇帝はヒツジ飼いの口めがけて唾を三度吐きかけて言いました。「さあ、望みのものは手に入ったぞ、神のご加護を！　だが、このことは人に知られてはならん、もし知られようものなら、命はないぞ！」
　ヒツジ飼いはふたたびヒツジの群れに戻ると、横になってすこし休むことにしました。そのとき、カラスが二羽とんできて、並んで木にとまり、カラスのことばを話しだしたのです。「あの黒い子ヒツジがいるところに大きな宝物が埋まっているんだよな、あのヒツジ飼いに知られたら、掘りだされちまうな」
　ヒツジ飼いはすっくと立ちあがって歩きだし、カラスから聞いた話を主人に伝え、宝物を掘りだしました。けれども主人は、「おまえが見つけたものは、おまえのもの

だ」と言います。「神からの贈り物だ。さあ好きなところに行き、家を建て、結婚をし、いい暮らしをするがいい」

　まもなく、ヒツジ飼いは村でいちばん裕福な地主となりました。クリスマスを迎えたあるとき、畑で牧童たちのために祝宴を催すことにしました。けれどもヒツジ飼い本人はというと、牧童に代わって家畜の番をしていました。夜になり、オオカミたちがやってきて、吠えながら言いました。「どいつの息の根を止めることにするか？」番犬たちはワンワン吠えながら答えました。「さあ、ご自由にどうぞ、わしらもいっしょに肉を食べさせてくれ」すると犬のなかに、歯が二本しかない老犬が一頭いて、その犬はオオカミたちに言いはなちました。「いいか、わしにこの二本の歯があるうちは、わしの主人に迷惑をかけるようなことは許さん！」すべて聞いていたヒツジ飼いの地主は、朝になると老犬以外の犬をすべてたたいて罰するよう牧童たちに告げ、召使いたちはいやいやながらも指示に従うほかありませんでした。

　そのあと、地主は妻を連れて、家に帰ることがありました。地主の馬は速足で駆け

ていき、追い越しざまに地主の妻を乗せた雌馬にこう言いました。「さあ、早く！ なにをのろのろしているんだ？」雌馬いわく、「おまえさんは一人しか乗せてないから、せっつくのはたやすいよ、でもね、わたしは三人も乗せているんだ、地主の妻、子ども、それにわたしの子馬をね！」それを聞いた地主はワハハと大声を出して笑いました。振り返ると、笑っているのを見た妻が雌馬をせかしてやってきます。そしてどうして笑ったの、と夫に問いただしました。「いや、別に、あることを思いだしてね」と地主はごまかしました。けれども、妻はあきらめず、夫をしつこく責めつづけ、しまいに夫は、もしそれを話そうものなら、ぼくは死ぬことになるんだと打ち明けてしまいました。だが、妻はそんなことをいっこう気にせず、迫ったのです。「さあ、わたしに話さないの、それとも、死ぬの、どっちなの？」

　そのあと、家に到着した夫は、墓を掘ってくれと妻に言いました。妻が墓を掘ると、夫はそこに横たわり、妻に声をかけました。「さあ、これから君に話してあげよう、でも、そのあと、ぼくはもうこの世からいなくなってしまうからね」それからもう一度まわりを見まわしたそのとき、あの老犬が家畜の群れからはなれてやってきました。ヒツジ飼いは、パンを一切れ、犬に渡すようにと妻に伝えましたが、犬はパンに見向きもせず、涙を流しだしました。するとパンを見た雄鶏が駆け寄り、ついばみはじめたのです。「おまえなんか、腹をすかして死んじまえ！」犬は雄鶏に言いました。「われらの地主がいまわの際を迎えつつあるのがわからないのか？」「おかしいやつなんだから、死ぬがいいさ」と、雄鶏が答えました。「わしには百人の妻がいる、穀物を一粒でも見つけようものなら、全員呼び集めて、それからその穀物の皮をむいてやるんだ。もし腹を立てるものがいようものなら、そいつを何度かくちばしでつつく、ほかのやつも同じ。そうすれば、しっぽはしゅんとなる。なのに、地主の奴は、ひとりの妻も手なずけることができずにいるんだからな！」

　それを聞いた地主はさっと墓から出てきて、杖を手にして妻の背をばんとひとたたき。それからというもの、妻は、夫が笑っても、その理由を聞くことがなくなったそうな。

⚜ エルベンは、チェコ以外のスラヴの民話にも関心を寄せ、収集も熱心に行っていた。本作はブルガリアの民話だが、本書に収録されているチェコの「金色の髪のお姫さま」とも共通点が見られる。

リトハの泉にまつわる伝説　　チェコ

　はるか大昔のこと、野育ちの三人の娘がおり、リトハの泉に足しげく通っていました。ある夕暮れのことです。若いホレチェクがその泉の近くを通って家に帰ろうとすると、娘たちの姿が目に入りました。そして、そのうちの一人のことが気になってしょうがなくなってしまい、娘たちが立ち去るまで、うっとり見とれていました。

　それからというもの、ホレチェクはいてもたってもいられません。なにがなんでも、あの野の乙女を自分のものにし、家に連れて帰るぞと心にかたく決めたのです。それから、毎日、泉に通っては近くの茂みに身を隠していました。そして、ようやく三日目に、あのかわいらしい娘たちがふたたびやってきたのです。

　娘たちがホレチェクの近くにぴょんととんできた瞬間のこと、ホレチェクは茂みからとびだし、恋焦がれていた娘のことを抱きしめるとそのまま家に連れ帰ってしまいました。周りを振り向くことさえしなかったので、ほかの二人の娘があっというまに白いハトに姿を変えたのにも気がつきませんでした。ハトになった二人はぱたぱたとまわりをとびながら、呼びかけました。

リンダ、リンダ、リンドゥシェ、
　　リトハの泉の謎はばらしちゃダメだ！

　リンダはホレチェクとなかよく暮らしていましたが、ひとつだけ守ってほしいことがありました。自分が野の出であることはとがめないで、と言ったのです。ホレチェクは、天地神明にかけて誓うよ、と約束しました。
　あるとき、ホレチェクは畑のむこう側まで出かけることがありました。リンダも泉に出かけ、空をながめ、桶に水をくみました。家に戻ると、召使いたちに、すぐに穀物をすべて刈り取って家のなかに運びこむよう命じました。まだ穂の粒は緑色で半分ぐらいの大きさでしかありませんでした。リンダもあちらこちらへ出かけて、短時間のあいだに青い作物はすべて、家のなかにおさめられました。
　帰り道、ホレチェクはたくさんの人に話しかけられ、家で起きたことを知りました。カンカンに怒って家に帰ったホレチェクが見たのは、緑の穀物に囲まれたリンダが粘土のお椀を手にして、穀物に水をふりかけているようすでした。我慢がならず、ホレチェクはどなりました。
　「ほんとうにおまえは野育ちだな！　いったいなんてことをしてくれたんだ！」
　そのとき、リンダの手からお椀がするっとすべり落ちました。リンダは悲しそうにホレチェクのほうを見やると、なにも言わずにあきらめたようすで両手をあげ、敷居

をまたぎ、そのまま姿を消してしまいました。

　それから三日後、大きな雹が襲来し、作物という作物に降り、刈り取った場所とそうでない場所の区別がつかないほどでした。

　そのときになってようやく、ホレチェクは悟ったのです。並々ならぬ能力をもつリンダは雹の襲来を予測し、すこしでも作物を守ろうとしていたのでした。

　庇の下に行って、きれいに作物が並べてあるのを見たときのホレチェクの驚きといったら、それはもう大変なもの。地面から屋根の棟まで、大きくふっくらとした黄金色の穂がぎっしり積んであり、作物という作物は畑に生えていたかのようにきれいに熟していました。そして今や、ホレチェクはリンダを追いだしてしまったことを嘆き悲しむばかりでした。森を歩きまわったり、泉まで行ってみて、リンダの名前を呼んでみましたが、返事はありません。

　ホレチェクは来る日も来る夜も泉の近くでリンダを待ちつづけ、家に帰ることはなくなったそうな。

　　　　　　　　　　　⚜　ドヴォジャーク（ドヴォルザーク）のオペラ「ルサルカ」をはじめ、水の精をめぐる伝説はボヘミア各地に見られる。リトハの泉は、ボヘミア東部パルドゥビツェ近郊に現存し、今なお昔日の面影を残している。

カエルの王女さま

ロシア

あるところに、王さまと三人の息子がいました。あるとき、王さまは息子たちを呼びつけました。「かわいい子どもたち！　もうおまえたちは大きくなり、嫁を見つける年齢になった。ひとりずつ弓を射て相手を決めることにしよう。だれも足を踏み入れない野原に行き、それぞれ別の方向に弓を射るんだ。弓が落ちた家の娘を嫁とするがいい」

王子たちは野原に出かけ、弓を放ちました。一番年長の兄は右側に、次男は左側に、一番年下のイワン王子は正面に放ち、矢を探しに出かけました。長男は大臣の家で、次男は将軍の家でそれぞれ弓を見つけ、二人は美しい娘と結婚しました。しかしイ

ワン王子は自分の矢を見つけることができず、悲しみに打ちひしがれていました。二日間、森や山を歩きまわり、三日目を迎え、沼地に向かってみると、大きなカエルが口に矢をくわえていました。イワン王子はその場から逃げて、見つけた矢からはなれたい気持ちになりました。そのとき、カエルが声をかけてきました。

「ケロケロ！　イワン王子よ、こっちに来て矢をもっておゆきなさい。そうしないと、この沼地からは出られないわよ」そう言うと、カエルはくるりと一回転——すると、その場にきれいなあずま屋が姿を見せました。イワン王子はあずま屋のなかに入ってみました。「知ってるのよ」カエルは言いました。「あなた、三日三晩なにも食べていないでしょう。なにか食べたくなくって？」そしてまたカエルはくるりと一回転——すると、今度は、ありとあらゆる料理や飲み物が並べられたテーブルがあらわれました。イワン王子はテーブルに座って、思う存分食べたり飲んだりしました。「ねえ」カエルが声をかけてきました。「あなたの矢はわたしのところに飛んできたのだから、わたしをお嫁さんにして。結婚してくれないのなら、この沼地から出られないわよ」

イワン王子は悲しくなり、どうしたらよいかわかりませんでした。そのあとイワン王子はよく考えてから、カエルを連れて家に帰ることにしました。二人の兄と妻たちはイワンのことを笑いました。そしてついに、イワン王子が結婚する日になりました。イワン王子は馬車に乗り、カエルは黄金のお椀に入れられ、宮廷に向かいました。夜になり、花婿と花嫁が部屋に戻ると、カエルは皮を脱いで、きれいな乙女に大変身。ですが日中はまたカエルの姿に。なにはともあれ、イワン王子はカエルとの生活に満足して幸せな日々を過ごしました。しばらくして、王さまは息子たちを呼び寄せて言いました。

「かわいい子どもたちよ。もうおまえたちはみな、結婚している。おまえたちの妻たちに服をつくってもらいたい」そして生地を手渡し、明日までに服を完成させるようにと言いつけました。二人の兄は生地を妻に手渡すと、妻たちはただちに侍女、乳母、農家の娘を呼び寄せ、服を縫う手伝いをさせました。侍女と乳母はすぐにやってきて作業に取りかかり、ある者は生地を切り、ある者は縫うといった具合。そのあいだに、妻たちはカエルのところに女中を送り、どうやって服をつくっているか見にいかせました。女中がイワン王子の部屋に足を入れると、ちょうどイワン王子が生地をもってきたところで、悲しそうな表情で生地をテーブルの上に置いています。「どうして、そんなに悲しい顔をしているの、イワン王子」カエルがたずねると、イワン王子が答えました。「悲しまないでいられるかい？　王さまが、明日までにこの生地で服をつくるよう君に命じたんだから」──「大丈夫よ」カエルが言いました。「いいから、お休みになって。一晩眠ればいい知恵が浮かぶわよ──すべて丸く収まるから」カエルはハサミを手にすると、生地を細かく切っていきます。そして窓を開け、細かくなった生地を風が吹いているほうに放り投げて言いました。「力強い風よ！　この生地をもっていって、お父上の服をつくっておくれ！」

　戻ってきた女中は、カエルが生地を全部細かく切って、外に放り投げてしまったと王女たちに報告をしました。王女たちはカエルのことをばかにしました。「まったく、カエルの亭主は明日王さまになにを差し出すつもりかしら！」

　翌日、イワン王子がまだぐっすり眠っているところに、カエルは服をもってやって

きました。「ほら、できたわよ、愛しいイワン！　お父上のところにもっていらっしゃい」服を受けとったイワン王子が王さまのところにもっていくと、二人の兄も服をもってきていました。まず初めに服を差し出したのは長男です。王さまはじっくり見てから言いました。「この服の縫い方は、ありきたりのものだ」そのあと、次男がもってきた服を見ると、この服もそれほど変わらん、とひと言。けれども、イワン王子が服を差し出すと、王さまは驚くどころの騒ぎではありませんでした。縫い目がひとつも見当たらなかったからです。王さまは言いました。「いいか、この服はいちばんの晴れの儀式で着ることにしよう」

　そのあと、王さまは息子たちをもう一度呼び寄せて言いつけました。「おまえたちの妻が金と銀で縫い物ができるか、ぜひ知りたいものだ。さあ、絹と銀と金をもっていくがよい。明日までにそれぞれじゅうたんをつくってくるのだ」

　上の二人の王子の妻は、侍女、乳母、農家の娘を呼び寄せ、じゅうたんづくりを手伝わせました。侍女たちはすぐに駆けつけ、縫いはじめました。ところどころ銀をつかったり、金をつかったりしながら。その間、王女たちはカエルがどうするのか女中にようすを探りにいかせました。イワン王子は家に金、銀、絹をもって帰ったところで、大変悲しい顔をしていました。テーブルに座っていたカエルは声をかけました。

「ケロケロケロ！　どうしてそんなに悲しい顔をしているの、イワン王子」――「これが悲しまないでいられるかい？　王さまが、この金、銀、絹をつかって明日までにじゅうたんをつくってこいって言うんだ」――「大丈夫よ」とカエル。「さあ、おやすみなさい、一晩眠ればいい知恵が浮かぶわよ」ハサミを手にして絹を細かく切り、銀と金はすこしずつはがし、窓から放り投げ、ことばをかけました。「力強い風よ、わたしの父が窓をおおっていたじゅうたんをもって来ておくれ」

　女中が見てきたことをすべて話すと、兄の妻たちも同じことをしてみました。けれども待てど暮らせど、風がじゅうたんをもってこないので、金、銀、絹を召使いに買いにいかせ、もう一度、じゅうたんを縫わせはじめました。

　朝、イワン王子が目覚めると、カエルはイワン王子にじゅうたんを差し出しました。三人の兄弟がそろってじゅうたんを父に差しだすと、父はまず長男のじゅうたんを手にして、よく見てから言いました。「このじゅうたんは、馬が濡れないよう使うのがいいだろう」つぎに次男のじゅうたんを見ると、こう言いました。「これは玄関の間で足をふくのにちょうどよい」そして、イワン王子のじゅうたんを手に取ると、驚いたようすで言いました。「これは、祝典のときに使うことにしよう」そして、イワン王子のじゅうたんは大事に取っておくよう命じ、兄たちのじゅうたんをつき返して言いました。「さあ、妻のもとにもって帰って、しまっておくように言うんだ」

　そして、王さまは息子たちに三度目のことばをかけました。「いいか、かわいい子どもたちよ、今度は、おまえたちの妻にパンを焼いてもらいたい」

　この依頼を聞いた兄の妻たちは、ただちに女中を送り、カエルがどうするかようすを見に行かせました。ちょうどイワン王子が自宅に帰り、とても悲しげな表情を浮かべています。「ケロ、ケロ、ケロ！　どうしてあなたはそんなに悲しい顔をしているの？」カエルがたずねました。――「これが悲しまないでいら

れるかい？　パンを焼いてもってくるよう父上に命じられたんだ」――「大丈夫よ、うまくやるから！」そして、こね鉢、小麦粉、水をもってきて、こね鉢に小麦粉を入れ、そのあと水を注ぎ、パン生地をつくるとひんやりとした窯に入れて、ことばをかけました。「一点の汚れもない雪のように白く、ふんわりとしたパンを焼いておくれ！」

　兄の妻たちのもとに戻った女中は口走りました。「王さまがどうしてあのカエルをほめてばっかりいらっしゃるのか、わたしにゃ、まったくわかりゃしません。だって、なんにもできやしないのですから」

　妻たちは事情を聞きだすと、またカエルと同じようにしてみることにし、冷たい水で小麦粉を練り、ひんやりとした窯に入れてみました。けれども、パン生地はずっとどろどろのままでした。そこでもう一度別の小麦粉をもってこさせ、お湯で小麦粉を練り、温まった窯に生地を入れてみました。遅れやしないかとやきもきしながら急いでつくったので、長男のパンは焼きすぎで、次男のパンは焼きが足りませんでした。窯から取り出されたカエルのパンは、一点の汚れもない、雪のように白く、ふんわり

129

としたパンでした。
　兄弟はそれぞれのパンをもって、父のもとにむかいました。王さまは長男のパンを手に取ると、じっと見て言いました。「このパンを食べるのは、ほかに食べるものがないときだな！」そのあと、次男のパンを手にすると、「このパンも同じだ！」だが末っ子のイワン王子がパンを差し出すと、王さまは、「来客のときにこのパンを出すように」と命じたのでした。「かわいい息子たち！」王さまは言いました。「おまえたちの妻はわたしが命じたことをひとつ残らずこなしてくれた。そこで明日、夫婦ともども、わが宮廷での昼食会に招くことにする」
　王子たちはそれぞれ妻のもとにもどっていきました。イワン王子は浮かない顔をして、考えこんでしまいました。「いったい、どうしたらぼくはカエルの妻を連れていけるというんだ？」椅子にのっていたカエルがたずねてきました。「ケロ、ケロ、ケロ！どうして、あなたはそんなに悲しい顔をしているの？」イワン王子が答えるには、「これが悲しまないでいられるかい？　父上は明日、妻同伴で宮廷に来るようにと言ったんだ。どうやったら、君を連れて行けるっていうんだ？」──「大丈夫」カエルは言いました。「一晩眠れば、いい知恵が浮かぶはず。さあ、もうお休みになって」
　翌日、イワン王子は起きると、宮廷へ向かいました。兄の妻たちはまた女中を送り、カエルがどうやって出かけるのか、ようすを見に行かせました。ちょうど、カエルは窓を開けたところで、力強い声で叫びました。「さあ、強い風よ！　わたしの国へ飛んでいって、豪華な装飾のすばらしい馬車を運んでくるよう伝えておくれ、小間使い、召使い、先触れ、先導役の者たちといっしょに」言い終わると、窓を閉めて椅子の上にぴょこんと座りました。そのころ、宮廷ではみな勢ぞろいし、あとはカエルがやってくるのを待つだけでした。すると突然、先触れがやってきて、ぴょんぴょんはねる先導役のあとをすばらしい馬車がつづきました。王さまは、どこかの王か、王子がやってきたのかと思い、歓迎しようと馬車に近づこうとしたほどです。「父上、そのままでけっこうです」イワン王子が言いました。「わたしの妻のカエルが貝殻に乗ってやってきたのです」
　馬車から降り立ったのは、イワンの妻。それはもう美しく、そこにいた人びとはみな見とれてしまいました。そして昼食の席につきました。カエルは残った飲み物を片ほうのそでに流しこみ、食べ残しの骨をもういっぽうのそでに入れました。そのよう

すを見ていた兄の妻たちは同じように、飲み残しをいっぽうのそでに、食べ残しをもういっぽうのそでに入れてみました。カエルが席から立ちあがると音楽が奏でられはじめ、カエルは踊りはじめたのです。いっぽうのそでを振ると、すぐ手の長さほどの水が湧き、もういっぽうのそでを振ると、水の上をガチョウや白鳥が泳ぎだしました。そのようすを見た人びとはみな、カエルの身のこなしに驚くばかり。カエルが踊り終えると、水、ガチョウ、白鳥、すべてが一瞬にして消えてなくなりました。そのあと、兄の妻たちも踊りはじめましたが、そでを振っては水をまき散らし、骨がとんでまわりの人の目に刺さりそうになる始末。

　いっぽう、そのころ、イワン王子はなにをしていたかというと、家に帰り、カエルの皮をつかんで燃やしてしまっていたのです。帰ってきた妻は皮を探しはじめたものの、見つけることができず、こう言いました。「ねえ、イワン、ほんのちょっとのあいだ待てなかったの？　こうなってしまったからには、あなたは九つの国の三倍遠いところにある、ヤガーばあさんの国に行って。そこでわたしを探してごらんなさい。賢女ワシリーサがわたしの本当の姿だから」そう言うと、あっというまに姿を消してしまったのです。イワン王子は堰を切ったように泣きだし、妻を探しに出かけました。それはそれは長いこと、近いところも遠いところも歩き通しでした。お話で話すのは簡単ですが、じっさいはとても骨が折れることなんです。

　そしてイワン王子は、鳥の足の上に立っている小屋に出くわしました。すると、小屋がくるりと一回転。イワンは声を出しました。「小屋よ、小屋よ！　森に背を向け、わたしのほうを向くんだ！」すると、小屋はイワンのことばどおり回転しました。イワンが小屋のなかに入ると、玄関の間にヤガーばあさんが腰かけているのが目に入り

ました。「ロシア人のことは聞いたことも見たこともなかったが、今、目の前にいる！イワン、おまえはみずからの意志でここにやってきたのか？それとも、いやいややってきたのか？」イワン王子は半々だと答え、これまでの経緯をすべて打ち明けました。「たいへんな目にあったな」ヤガーばあさんが話しだしました。「もしおまえさんが望むのなら、賢女ワシリーサの居場所を教えてやろう。毎日、ここに休みに来ているからな。ここにやってきたら、おまえさんは、あの娘の頭をつかまえるんだ、頭をつかまえたら、あの娘はアマガエルに姿を変える。そのあとはヒキガエルになり、そしてヘビに、さらにはまた別の醜い動物に姿を変え、しまいには弓矢に変わる。おまえはその弓矢を手にしたら、まっぷたつに折るんだ。そうすれば、あの娘は永遠におまえのものとなる。だが、いいか、いったん娘をつかんだらはなしてはならんぞ！」

そのあと、ヤガーばあさんはイワン王子を隠し、王子が隠れるやいなや、賢女ワシリーサが飛んでやってきました。イワン王子は腹ばいになって近づくと、ワシリーサ

の頭をつかまえました。すると、ワシリーサはアマガエルに変わり、つぎにヒキガエルに、そしてヘビに変身。イワン王子は思わずひるんで、ぱっと彼女をはなしてしまい、ワシリーサはあっというまに消えてしまいました。すると、ヤガーばあさんが言いました。「あの娘をつかまえていることができないと、おまえはもう二度とあの娘の顔を拝むことはないぞ。だが、まだその気がすこしでもあるなら、わしの妹のところに行くがよい。賢女ワシリーサは妹のところにもやってくるからな」

イワン王子はもうひとりのヤガーばあさんのもとに出かけてみましたが、そこでも、賢女ワシリーサをにぎりつづけていることはできませんでした。そして三番目の妹のところへ行くことにしました。ヤガーばあさんはこう言いました。「今度、賢女ワシリーサを手からはなしたら、もう二度と会うことはかなわんぞ」そしてワシリーサがイワン王子の目の前で姿を変えると、王子は今度は手からずっとはなさずに踏ん張り、そしてしまいにワシリーサが弓矢に姿を変えると、その弓矢を手にしたまま、パキッとまっぷたつに折りました。その瞬間、賢女ワシリーサが目の前に姿をあらわし、言いました。「さあ、イワン、ようやくあなたにこの身を捧げることができるわ」

二人はヤガーばあさんからもらった空とぶじゅうたんに乗って、自分たちの国まで飛んでいきました。三日三晩、空を飛び、じゅうたんが宮廷に到着したのは四日目になってからのこと。王さまは息子とその妻をたいへん歓待し、盛大な宴を開くと、その場でイワン王子を王さまに任命したそうな。

⚜ ロシアの民話のなかでもよく知られた話。次々と姿を変えていくカエルが躍動感あふれる生命の象徴としてしばしば多くの話に登場する。またバーバ・ヤガー（ヤガーばあさん）という妖姿はロシアの民話によく登場し、悪役としてえがかれることもあれば、本作品のように全知全能の存在としてえがかれることもある。

漁師の息子

スロヴェニア

　むかしむかし、ドナウ川のあるところに一人の地主がいて、その使用人のなかに一人の漁師がいました。あるとき、地主は宴をもよおすことになり、三日以内に魚を三百キログラム釣ってくるように命じました。漁師は釣りに出かけたものの、一日経っても、二日経っても、一匹も釣れません。三日目の昼過ぎ、意気消沈して家に帰ろうとしたところ、緑の服をまとった男が小舟に乗ってあらわれ、どうしてそんなに悲しい顔をしているのか、と声をかけてきました。漁師が理由を話すと、男は言いました。「おぬしがもっているが、もっているとはわからないものをわしに渡すと約束すれば、魚はたっぷり釣れるぞ」——「もっているとはわからないものをあげるのはた

やすいことだ」と漁師は考え、約束に応じました。すると、夕方までに魚は釣れに釣れ、四頭の馬で荷車をひいて帰らなければならないほどでした。

「あの約束はなんのことか、わかっておるかね？」帰りぎわに男がたずねてきました。「わかりません」と漁師。「でも、なにをもっていかれても、かまいません」男はにこりとして、話しました。「よいか、おぬしの妻は身ごもっている、そして男の子が生まれるはずじゃ。その子こそがおぬしが約束したもの。二十年経ったら、息子のもとにまたやってくることにしよう」

そうして、そのとおりになりました。漁師のところに男の子が生まれたのです。成長すると学校に通わせましたが、司祭になれるのではないかと思えるほど学業も優秀でした。「司祭にはさせん」両親はそう考えていました。「約束があるからな。それよりも、黒魔術の学校に通わせることにしよう」

黒魔術の学校での学業を終えた息子は、世のなかの道理をすべて頭にたたきこんでいました。息子は父親に言いました。「父さん、そろそろ行かないとね」──「どこにだね？」

「二十年前、魚釣りに出かけたときにぼくを渡すと約束したのを忘れてしまったの？ でも、心配しなくていいよ。いっしょに来てくれればいいから。父さんにも、ぼくにも悪いことはけっして起きないから大丈夫」

二人がドナウ川のほとりにやってくると、緑の服をまとった男を乗せた小舟がまた近づいてきました。息子が乗ると男は舟を出し、二人を乗せた舟は、なんと、水中にもぐっていったのです。父親の漁師は悲嘆に暮れて帰宅しましたが、息子のほうは川にもぐって地下の呪われた町にたどりついたのでした。そこには、人っこひとりいません。息子は腹がすいたので、釣った魚を焼いて食べ、眠ってしまいました。すると夜、ある城にたどりつき、テーブルに腰かけるとロウソクが灯って、なにかを待っている夢を見ました。目を覚ますと、夢で見たことをそのとおりにやってみました。真夜中、ドアが開き、部屋のなかに大きなヘビがはってきて、息子の前に立つと、こうお願いをしました。「わたしに口づけをしておくれ」息子は悪態をつきました。「近くに来るな、悪魔！ ぼくにはどんな魔法も効かないぞ」すると、ヘビはいなくなってしまいました。

次の日、昼過ぎにまた眠ると、今度は、そのヘビに口づけをすると、すべてうまく

いくという夢を見ました。目を覚ますと、またあの部屋に行き、ヘビがやってきたら、口づけしてみようと決心しました。真夜中、昨日よりも大きく、頭が二つあるヘビがはってきました。息子の前に立つと、またこう頼みこみました。「口づけしておくれ」息子は恐怖に打ち勝てず、また罵りことばを口にしました。

　三日目もまた城に行くと、ヘビがやってきて、そのヘビに口づけをする夢をみました。目を覚ますと、今度はどんなに怖くても、口づけをしてみようとかたく決心しました。夕方、城のテーブルに座り、ロウソクを灯して待つことにしました。真夜中になると、これまでよりもはるかに大きくて恐ろしい、頭が三つあるヘビがはって近づいてきて、漁師の息子の前で止まると、頼みこみました。「口づけをしておくれ」息子はヘビのほうに身をかがめ、口づけをしました。その瞬間、ヘビは美しい娘に生まれ変わったのです。ヘビは城主の娘で呪いがかけられていたのでした。これによって、城も、町全体も、呪いが解かれたのです。娘の両親がやってきて、若者を大歓迎すると、娘の父親が言いました。「この娘を、そしてこの王国を君に進呈しよう、もし君にその気があればだが」

　若者はすっかり満足しましたが、あることを考えると胸が痛みました。「ここでぼくはいい思いをしているが、ドナウにいる父さんは、ぼくが地獄にでも落ちたと心配しているはず。もう一度、父さんのいるドナウに戻り、近況を伝えたら、ぼくの気持ちも晴れるだろう」すると、娘が言いました。「お父上のところに行ってもいいけど、

かならず戻ってきてね」若者はかならず戻ってくると約束し、七年間は待つわ、と娘も許してくれました。それから、若者に指輪を手渡して、こう言いました。「この指輪を透かして見てごらんなさい、そしてドナウのお父上のところに行きたいと願うのよ。そうすれば、すぐに行けるから。そのあと、わたしのところに戻りたかったら、指輪を透かしてみて、わたしのところに戻りたいと願えばいいわ。でも、この指輪をだれかほかの人に見せちゃだめ、そうしたら、指輪がなくなって戻れなくなるから」

　漁師とその妻は息子が元気な姿で戻ってきたので、たいへんうれしくなりました。息子のほうは、なにがどうなって、自分はどうしていたかをこと細かく話さなければなりませんでした。そのあと、父は息子を、依然として釣りをして仕えている地主のところに連れていくと、そこにいたすべての人びとが喜んでくれました。その地主には二人の娘がいましたが、地主はこう言いました。「ここに残るがいい、わたしがもっている土地の一部と、娘のうち、どちらか一人を君にやろう。もし君にその気

があればだが」

　若者はこう思いました。「ほかの場所では、ここよりもはるかに大きな王国全体が、この娘よりもはるかに美しい女性が、わたしを待っている。だが、まあ数日ぐらい、いいだろう、どうせ、すぐに戻れるじゃないか」と。

　ある日、若者が二人の娘といっしょに散歩をしているときのこと、二人に指輪を見せ、どういう魔法が秘められているかを話しました。それを聞いた娘たちは、この指輪をうばえば、この人はここに残るはずだわと思いついたのです。木陰にいっしょに腰かけて、若者を寝かしつけると、指輪をうばい、どこか道の途中でなくしてしまったのだと思わせることにしました。こうして、若者は五年ほどそこにいましたが、ようやく地下の町を探しに行こうと決心しました。ある日の夜遅くに森のなかの家に行って、一晩ここで休ませてくれと頼みこみました。そこには、一人の女性がいましたが、その女性はこう言いました。「泊まってもらってもかまわないが、わたしには三

人の兄弟がいて、みな、盗人だ。帰ってきたら、おまえを殺すかもしれないぞ」——「ご心配なく」若者は答えた。「ぶどう酒をください、わたしはここで待つことにしますから」

　真夜中、兄弟が家に帰ってきました。「おまえはだれだ？」——「自分でもなんと言ったらよいか、わからないんだ。旅人ということにしておこう、世界を股にかけているんでね、そういう運命なんだ」——「どこの家のものだ？」——「わからない、世界をかけめぐっているから、家にじっとしていたことはない」——「名前は？」若者は、三人の盗人にはもうひとり弟がいて、その弟が行方不明になっているのを黒魔術の学校で教わっていました。そこで、その行方不明の弟の名前を告げました。「では、おまえは数年前いなくなったわたしたちの弟だと言うのか」——「そうかも」若者は答えました。すると、盗人たちは盗みの技術を教えてやるから、ここに留まるんだと説得をはじめました。「今日はなにを手に入れたの？」若者がたずねました。「いっ

　ぱい、手に入れたぞ。これまででいちばんだ。靴、外套、山高帽。この靴をはけば、三十分で二百マイル移動できる。この外套を着ると、だれにも見つかることはない。この帽子を目の前に投げれば、山という山が道を開けてくれる」──「本当？」──「もちろん、本当だ！」そう答えると、若者に試してみるよう言いました。
　靴、外套、山高帽をもった若者がぱっとジャンプすると地面がぐらりとゆれ、気がつくと、もうその場にはいませんでした。
　まずたどりついたのは、太陽がのぼってくるところ。太陽が大地をすべて照らしているから、地下の町に通じる道もきっと照らしだしてくれるはずだと考えたのです。ですが、太陽の返事は……。「道など知らん、狭い渓谷の谷間かどこかじゃないかね、そういうところは行かんからな。でも、月は隅々まで照らしているから、月に聞いて

みるがよい！」若者は、月が出るところまで出かけて、地下の町に通じる道を知っているか、たずねてみました。けれども、月の返事は、「知らないね、山に囲まれたどこかじゃないか、そういうところは行かないから。風のところに行ってみるといいよ。すきまというすきまを通りぬけていくから、きっとその道も知っているはず」若者は、風が吹いてくる場所に出かけ、地下の町に通じる道をたずねました。

「もちろん、知っているさ」風は答えました。「明日、日が昇る前にまた行くんだ。王さまの娘が結婚するんでね。あまり暑くならないように、結婚式で風を吹かすんだよ」

そして若者と風は日が昇る前に出かけました。たどりついたのは、それは大きな岩山でした。風はそのすきまをさっと通りぬけましたが、若者は通りぬけることができません。そこで山高帽を取りだして、岩山のほうに投げると、岩山がぱかっと割れ、

風のあとを追いかける道が広がり、朝方には地下の町に到着しました。風は結婚式のために吹く用意をし、若者は教会で新郎新婦を待ちかまえることにしました。しばらくして新郎新婦がやってきて、司祭が結婚式をとり行いはじめました。そのとき、若者がバンと聖書をたたき、聖書が地面に落ちたのです。

「あなたがたのどちらかが、大きな罪を犯していらっしゃるようだ」司祭は新郎と新婦に問いただすと、新婦が答えました。「わたしを呪いから解放してくれた男性に、七年間は待つと約束したのに、まだその七年間が過ぎていないのです」と。司祭は、ならば七年が経過するまで待たなければならない、それまではほかの男性と結婚することはできないと告げました。そして、あなたが愛しているのは、ここにいる男性か、それとも、ここにいない男性のどちらなんです、とたずねると、新婦は「ここにいない方のほうです」と答えたのです。「もし帰ってきたらの話ですが。でも、あの人とはもう二度と会えないと思います」

若者はその話を聞いて胸がいっぱいになりました。新郎がいなくなると、若者は王宮で外套をぬぎました。王宮の人びとはすぐにだれだか気がつきました。王女は若者に抱きついて言いました。「いいこと！　もし天なる力がわたしを見張っていなかったら、わたしは今日別の男性と結婚していたわ」

すぐに結婚式がとり行われ、そのあとは、とても豪華な宴が開かれました。

わたしも、篩で濾したぶどう酒やら、皮だけのパンやらをもらいましたが、しまいにはスコップで背中をたたかれ、追い出される始末。それからどうしたって？　とぼとぼ家に帰りましたよ。

> チェコは内陸国であるため、海を題材にした民話はほとんどなく、代わりに川や湖が異界への玄関としてえがかれることがある。このスロヴェニアの民話では、ドナウ川がそのような役割を担っている。

世界をかけめぐる者

幸運と知恵

チェコ

　あるとき、〈幸運〉と〈知恵〉が小さな橋の上でばったり出くわしました。すると、〈幸運〉がこう言いました。「道を開けろ！」まだ世知に長けておらず、どちらが道をゆずるべきかわからなかった〈知恵〉が返事をしました。「どうして、ぼくが道をゆずらないといけないんだ。君のほうがぼくよりも優れているわけでもないだろ」――「いいか」〈幸運〉が言い返します。「なんでもできる人こそ優れているというものだ。あそこの畑を耕している農夫の息子がいるだろ。あの息子のなかに入りこむんだ、もし君のほうが、ぼくよりも彼とうまくやっていけたら、ぼくは、いつでもどこでも、君に道をうやうやしくゆずるよ」

〈知恵〉はその提案に賛同し、すぐに農夫の息子の頭のなかに入りこみました。息子は自分の頭のなかに〈知恵〉が入ったのを感じると、いろいろと考えるようになりました。「ぼくはこのまま一生鋤を握りつづけるのか？　ほかのところで生活することだってできるだろうし、幸運に恵まれてもいいはずだ！」畑を耕すのをやめ、鋤を置き、家に帰りました。「父さん」息子は言いました。「農作業するのはもういやなんだ。庭師にでもなるよ」

　父親は「どうした、ヴァニェク、頭がどうかしたのかい？」と答えましたが、すぐに考え直して言いました。「まあ、どうしてもそうしたいんなら、行くがいいさ。でも、この家は、おまえの弟のものになるからな」

　ヴァニェクは家を失うことになりましたが、まったく気にしませんでした。家を出ると、そのまま王国の庭師のもとに習いに出かけました。庭師はあまり教えることはありませんでしたが、ヴァニェクは教わった以上に多くのことを身につけました。やがて庭師の言うことも聞かなくなり、ほとんど自己流でこなすようになりました。庭師ははじめのうちこころよく思っていませんでしたが、ヴァニェクがうまくやっているようすを見て、満足しました。「おまえさんは、わしよりも知恵があるようだ」と言って、ヴァニェクがやりたいように庭の作業をまかせました。それからほどなくして、ヴァニェクが手がけた庭が王さまの目にとまり、たいへん気に入った王さまは王妃さまやひとり娘の王女さまを連れて庭を散歩するようになりました。この王女さまはたいへん美しい娘でしたが、十二歳になってからというもの、話さなくなってしまい、今なお、ひと言もしゃべりません。王さまはたいそう悲しみ、「娘をしゃべらせることができた者を娘の夫とする」というお触れを出しました。それはもう何人もの若い王、貴族、それから領主たちが次々とやってきましたが、みな、すぐ帰らなければなりませんでした。だれも、王女さまの口を開くことができなかったからです。

　「だったら、ぼくも自分の幸運を試してみよう」とヴァニェクは考えました。「王女さまがぼくの問いかけに答えるか答えないかは、やってみないとわからないからな」ヴァニェクが面会を申しでると、王さまは侍従を引き連れて、王女さまのいる部屋に連れていきました。

　王女さまはとてもかわいい子犬を飼っていました。たいへん賢いその子犬は王女さまのお気に入りの一匹でした。ヴァニェクは王さまと侍従に付きそわれて王女さ

まの部屋に足を踏み入れると、王女さまのことなど目に入っていないそぶりをしました。ヴァニェクは子犬のほうを向いて、こう話しかけました。「ねえ、君はとっても賢いんだろう。ちょっと君に聞きたいことがあるんだ。三人の仲間の話だ、一人は彫刻家、もう一人は仕立て屋、そしてぼく。この三人で森に出かけたんだ、すると、森のなかで一晩過ごす羽目になった。そこでオオカミが近づいてこないように、ぼくたちは火をおこし、交替で番をすることにした。まずはじめに番をすることになったのが彫刻家。でも暇をもてあまして、かわいい女の子の人形を木に掘りはじめたんだ。人形ができあがると、今度は仕立て屋を起こし、見張りを代わってもらった。人形を見た仕立て屋がたずねた。『これはなにか』って。『ごらんのとおりだよ』との彫刻家の返事。『退屈だったから、木で女の子の人形をつくることにしたんだ。君も退屈だったら、服をつくってみるといいよ』仕立て屋はハサミ、針、糸を取りだし、生地を切って縫いはじめた。服ができあがると、木の人形に着せてみた。そのあと、今度はぼくを起こして、見張りを交代した。それで、これはなにってぼくがたずねると、『ごらんのとおりだよ』との仕立て屋の返事。『彫刻家が退屈しのぎに木の塊で人形をつくったから、ぼくも服をつくったんだ。君も退屈だったら、この人形に話すことを教えたらいいよ』そこで、ぼくは朝までかかって女の子に話すことを教えた。朝に

なって仲間たちが起きると、みんな、その人形を欲しがったんだ。彫刻家が『つくったのはぼくだ』と言えば、仕立て屋は『服を着せたのはぼくだ』って言う具合。そして、ぼくも同じことを言ったんだ。ねえ、犬くん、教えてくれよ。人形は、この三人のうちだれのものだと思う？」

　子犬はうんともすんとも言いません。でも、犬に代わって答えたのは王女さまでした。「あなたに決まっているでしょ。彫刻家の人形には命が吹きこまれていないし、仕立て屋の人形はことばを知らない。命とことばという、いちばん大事な贈り物をしたのは、あなたよ。だから、人形はあなたのものよ」──「話してくれたね」ヴァニェクが言いました。「そう、君にことばと新しい命を吹きこんだのはこのぼくだ、だから、君はぼくのものだ」

　そこに、侍従が口を挟みました。「王女さまがお話しできるようになったので、閣下はご褒美をたっぷり授けてくださるはず。だが結婚は無理な話というもの。おまえは平民の出ではないか」続いて王さまが「平民のおまえには、娘の代わりに褒美をとらせよう」と言いました。ですが、ヴァニェクはほかの褒美のことなど聞きたくもなかったので、こう言い返しました。「王さまは、何の条件もつけずに『娘をしゃべらせることができた者は、娘の夫とする』と約束されました。王さまのことばは法律です。ほかの者が法律を守るよう望まれるのでしたら、王さまみずから模範を示すべきではないでしょうか。ですから、わたしに王女さまをくださらなければなりません」

　「家来ども、奴をつかまえろ！」侍従が声を張りあげました。「王さまになにかを命令をする者は、王さまの権威を傷つけることと同じだ、それは死に値する行為だ」そして王さまは言いました。「八つ裂きの刑にするがよい！」ヴァニェクはただちに拘束され、処刑台に連れていかれました。

　処刑台に到着したときには、そこには〈幸運〉が待ちかまえていて、そっと〈知恵〉にこう言いました。「あの男とおまえの末路がこれだ。頭がなくなっちまうぞ。さあ、道を開けるんだ、代わりにわたしがあの男のなかに入ろう！」

　〈幸運〉がヴァニェクのなかに入ると、死刑執行人の剣が、まるでだれかに切られたかのように、柄のところからぱっきりと折れてしまいました。ほかの剣をもってこさせようとしましたが、そのとき、馬に乗ったラッパ吹きが町から飛ぶようにやってきて、明るいメロディーを奏でながら白い風見鶏の向きを変えると、そのうしろから、

ヴァニェクを乗せる王家の馬車がやってきました。ことの次第はこうです。お城に戻った王女は、ヴァニェクが語っていることにまちがいはなく、王さまのことばは守らなければならないと王さまに進言しました。そして、「ヴァニェクが平民であるのが問題でしたら、貴族にしてあげればよいではないですか」と提案したのです。王さまも「そのとおりだ、奴を貴族にしよう」と賛同したのでした。

そこで、ヴァニェクのもとには王家の馬車が遣わされ、王さまが立腹するように仕向けた侍従は、ヴァニェクの代わりに処刑されました。

そのあと、ヴァニェクと王女さまが結婚式から帰ってくると、〈知恵〉は道をゆずりました。〈幸運〉に遭遇するのではないかと思い、恥ずかしそうに頭を下げ、脇を歩くようになりました。それからというもの、〈知恵〉は〈幸運〉と出会うときはいつも、遠くから道をゆずるようになったそうです。

　チェコのおとぎ話として知られる一作。〈幸運〉と〈知恵〉が"とんち"のような機転を競うというユーモラスな雰囲気ただよう作品となっている。また言葉を話す人形は、エルベンの「オテサーネク」という民話にも登場する。

なぞなぞ

カシの木、カシの木、
カシの木には
十二本の枝があって
十二本の枝には
四つの巣があって
四つの巣には
七つの卵があった

　　　　　　　　　　　　　　　　　（年、月、週、日）

幸せな十二歳
力のある三十歳
思慮のある五十歳
もうろくした百歳

　　　　　　　　　　　　　　　　　（人間の一生）

白い馬がやってきて
ぼくらの庭を占拠した

　　　　　　　　　　　　　　　　　（雪）

朝になったら、ぼくを剥いておくれ、
夜になったら、ぼくの実を取っておくれ、
でもたたかないで
一年後にまた実をあげるから

(果物の木、春から秋にかけて)

冠をいただくも──王ではなく
拍車があるも──騎士ではなく
サーベルがあるも──ハンガリー兵ではなく
朝、起こしてくれるも──夜警ではない

(雄鳥)

頭には冠をのせ、
天使のような服をまとい、
泥棒のように歩き、
悪魔のように鳴く。

(孔雀)

この世に死神がいてよかった　チェコ

　むかしむかし、イエスとペテロがいっしょに世界を駆けめぐっていたころの話です。日が暮れてきたので、二人は鍛冶屋のもとを訪ね、一晩宿を貸してくれないかと頼みました。「ようこそいらっしゃいました」と鍛冶屋は答えると、手にしていた金槌を鉄床の下に放り投げ、部屋に案内し、そのあといったん外に出て、豪勢な夕食の準備に取りかかりました。夕食が終わると、鍛冶屋は客人に言いました。「旅で歩き疲れていらっしゃるでしょうから、お休みになったらいかがでしょうか。今日は大変暑いですから。どうか、わたしの床でお休みになってください。わたしは納屋のわらの上で寝ますので」そして、お休みなさいと告げると、その場を去りました。朝にはまた

朝食を用意し、そのあと、すこし旅に連れそっていくことにしました。別れぎわに鍛冶屋が言いました。「できるかぎりのおもてなしはいたしましたが、ご満足いただけたかどうか」

そのとき、ペテロはイエスのそでを引っ張って脇に連れていき、こう言いました。「主よ！　こんなに親切で、わたしたちを歓待してくれたというのに、なにもお礼をしないでよろしいのですか？」

イエスはペテロにこう答えました。「この世でできるお礼など空疎なものだ。その代わり、天上のお礼を授けることにしよう」そして鍛冶屋のほうにむきなおって言いました。「なんでもいいから、願いごとを三つ言いなさい。それをかなえてあげよう」

鍛冶屋はよろこんで返事をしました。「さようですか、では、主よ、わたくしが百歳になっても今と同じくらい健康でいられるよう長生きさせてくださいませ」

そしてイエスはまたたずねました。「望みどおりになるだろう。次の願いは？」

鍛冶屋はよく考えてから言いました。「なにをお願いしたらいいでしょう？　わたしはこの世でそれなりの暮らしをしています。毎日その日暮らしをしていて、自分の生業で食い扶持をつないでおります。それでは、わたしに代わって、鍛冶の品をたっぷりつくっていただけますか、たっぷりと」

イエスは答えました。「それもかなえてやろう。三つ目は、なにを望む？」

ところが、気立てのよい鍛冶屋には思い当たるものがなく、しばらく考えてからこう言いました。「そうですね、もしできるようでしたら、あなたがさきほどお座りになった椅子にだれかが座ったら、からだが固まり、わたしがいいと言うまで動けないようにしていただけますか」

ペテロはハハハと笑いましたが、イエスは答えました。「そのとおりにしよう」

そのあと、三人は別れ、イエスとペテロはさらに先を進み、鍛冶屋は嬉々として家路につきました。そして、イエスが約束したとおりになりました。鍛冶屋のまわりにいた者はみなあの世に行きましたが、鍛冶屋だけはあいもかわらず元気で、魚のようにぴんぴんしています。朝から晩まで、鼻歌まじりで仕事もつぎつぎこなしていました。

ですが、気がつけば、約束の百年が過ぎ、死神がドアをコンコンコンとたたいたのです。

「どなたかな？」鍛冶屋がたずねました。

「死神です、お迎えに来ました」

「ようこそ！ お客さま」鍛冶屋はそう言うと、そっとほくそえみました。「どうぞ、どうぞ。これはめずらしいお客さまだ！ 金槌と火箸を置いてくるので、少々お待ちを。すぐに戻ってきますから。まずは、その椅子にお座りください。さぞお疲れのことでしょう、世界をあちこち歩きまわっているのでしょうから」

死神はなにも疑うことなく、勧められるがままに腰をかけました。すると、鍛冶屋はどっと笑って言いはなちました。「さあ、おまえは、わしがいいと言うまでずっとここに座って、動かずにいるんだ！」

死神は立ちあがろうとして、手足を動かそうとしたり、顎骨で噛もうとしたりしましたが、どうしようもありません。そこから動けず、溶かした鉄で固定されたかのように、じっと座っていなければなりませんでした。鍛冶屋はゆかいでたまらず腹を抱えて笑いながら、ドアを閉め、いなくなってしまいました。家でつかまえているのだから、死神がやってくることはないと思うと、とてもうれしくなりました。

けれども、そのうれしい気もちは長続きせず、まもなく自分の誤りに気がつくことになるのです。

よくえさをあげて育てていた豚が一頭いました。鍛冶屋はよろこびのあまり、ブタをほふってハムにして、煙突につるそうとしました。よく燻したハムが大好物だったのです。そこで斧を手にして頭に一撃食らわすと、ブタはばたりと倒れました。血入りソーセージ用の血を集めようと鍋を用意し、ナイフをブタに刺して下におろそうとしたところ、なんと、ブタはとつぜん起きあがって「ロフ！ ロフ！ ロフ！」と言って逃げてしまったのです。驚いて気を失った鍛冶屋が意識を取り戻したときにはブタの姿は見当たりませんでした。

「いいか、見てろよ。かならずしとめてやるから！」鍛冶屋はそう言うと、家畜小屋に行って、ガチョウを一羽連れてきました。すでに二週間たっぷりえさをあげていて準備万端だったのです。「ソーセージが焼きあがったら、今日はおまえをたっぷり味わってやるからな」とひとりごと。ナイフを取り、ガチョウの首を切ろうとしたところ、なんと驚いたことに、ガチョウからは血が一滴も流れず、のど元に刺したナイフをぬいても、傷跡もなにもありません！ 鍛冶屋が驚いているあいだに、ガチョウは

　職人の手からするりとぬけ、「ケイハ！　ケイハ！」と羽をばたつかせながら、ブタのほうに逃げていきました。
　これには鍛冶屋もがまんがなりません！　今日はうまくいったのだから、肉ぐらい味わってもいいだろう？　ガチョウとブタのことはほうっておき、今度はハト小屋に向かい、ハトを二羽つかまえました。また同じことが起きないように、頭を木の上に置くと、二羽の頭を一回で切り落としました。「まあ、これだけあれば十分だな！」とぶつぶつ言いながら、頭を地面に投げ落としました。すると、なんということでしょう！　地面に落ちた頭から首がのびて、クークークーと動いているじゃありませんか！　ハトはあちこち動きまわっています。そのとき、ふと鍛冶屋の頭にあることがよぎり、こぶしを額にあてました。「そうだ、そうだ！　そこまで考えていなかった。死神をつかまえているから、みんな、死なないんだ！」そして首をひねりました。あのおいしいハムやソーセージ、それに、聖マルチンのガチョウ*1、ハトのローストをなにもせず、このまま手ばなしてしまうのはもったいないように思えました。では、どうしたらいい？　死神を自由にすればいいのか？──いや、それ

はだめだ。そうすれば、わしの首がすぐに絞められてしまう。そこで、これからは肉の代わりにエンドウ豆やお粥を食べ、ロースト肉の代わりにケーキを食べてすごすことにしよう。ほかに食べるものがなければ、こういうものでけっこういけるはずだと。

　たくわえがあるあいだは、どうにか暮らしていました。ですが、春になると、食べる物がまったくなくなりました。前の年までここで暮らしていた生きものが一匹、一頭残らず、すべて春になるとよみがえったのです。そのうえ、その子どももとんでもない量で増え、いたるところにあふれかえるようになりました。

　鳥、ネズミ、コオロギ、カブトムシ、ダニ、それにいろいろな害虫が畑の穀物をすっかり食べてだめにしてしまい、まるで焼け野原のようなありさまになり、庭の木は伐採されたかのようで、葉っぱも花も蝶や毛虫に食べられてしまいました——だれも死ななくなってしまったのです！　湖や川は、魚やカエル、ミズグモやほかの生きものであふれ、水は悪臭を放ち、まったく飲めなくなってしまいました。宙には、蚊やハエの大群がとび、地面は気味の悪い虫であふれ、人間を殺しかねないほど——もちろん、死ぬことができればですが。半分死にかけている人間は生きることも死ぬこともできず、ふらふらと影のごとく歩くばかりでした。

　鍛冶屋はこのようすを見て、自分のおかしなお願いのせいでこの世にどれだけの不幸をもたらしたかを悟って、こう言いました。「そう、神さまの御心のとおり、死神はこの世に必要なんだ！」

　そしてみずから捕らわれの身となるべく死神のもとに行き、死神を自由にしました。すると死神は鍛冶屋の命をあっというまにうばってしまいました。それからというもの、すこしずつ世界はもとどおりになっていきましたとさ。

＊1 聖マルチンのガチョウ：11月11日の聖マルチン（マルティヌス）の祝日には、ガチョウの丸焼きを食べる風習がヨーロッパ各地にある。

　　⚜︎　永遠の命にあこがれる人びとの物語は、カレル・チャペックの『マクロプロス事件』など、時代を問わず数多く見られるが、ここでは、独りよがりな行為が生態系という大きな流れを中断してしまうという、考えさせられる話になっている。虫が増殖していくくだりも、本作の魅力だ。

旧市庁舎の古いチェコの暦時計

　プラハの旧市街にある市庁舎には、時計盤の下に月をあらわす円が、塔が建てられたときから設置され、一目で暦がわかるようになっています。今日の修復の折にも、そのことはよく考慮されているはずです。黄道十二宮の徴、聖人や聖女の名前や祝日に、だれもが気づくはずです。この円の絵は一年間を順番にえがき、どういう月がそのあとにつづくのかをえがいています。こういった素朴な考えを詩的に受け止めて命を吹きこみ、芸術的な手によって形にすることが、今回、ひとりの画家に託されたのです。

一年の出来事を告げる絵の多くは、地方や農村の生活のものです。一年の移り変わりをえがきだすには、次々と変わっていく農村でのさまざまな作業をえがくのがもっともふさわしいからです。農村の作業は、不変の法則にもとづく自然の動きと人間がいかに深く結びついているか、はっきりと示してくれます。毎月、それぞれ異なる仕事、異なる特徴があり、それにもとづいて、一年の円のなかで人間の頭のなかも気持ちも変わっていきます。野原、畑、森と同じです。ですが、画家には、チェコ国内の生活をえがき、その印象をより強いものにしようという意識があったのでしょう。人物の特徴、民族衣装、風景はどれをとっても、そのような意味がこめられてえがかれています。民族衣装についていえば、スロバキアのものを取りあげています。その姿を質素かつありのままにえがくことで、古代スラヴの民族衣装の本来の特徴を残せると考えたのでしょう。

　一月は、家庭の仲むつまじいようすをわたしたちに教えてくれます。生まれたばかりの赤んぼうが喜びとともに迎えられ、それは一年のはじまりも意味しています。この小さな輪を囲むだれもが、楽しいことを考え、未来に希望を見出しています。

　二月は、明るいとは言いがたい雰囲気です。貧しい農夫は雪が降る寒さのなか外での仕事を終え、凍えた足を火の近くで温めています。おばあさんは乾燥した枝木の束を運んでいます。厳しい気候もえがく必要があったのでしょう。ですが、まもなくその気候が変わる時期が訪れます。

　三月には、鋤をかけている農夫を見ることができます。その背後では、ベスジェス地方の風景がひろがり、見ている人は家にいるように感じるでしょう。庭もまた、土を耕したり、種をまいたり、世話をする必要があります。

　四月は、添え木に若い木をしばりつけている農民がいます。子どもたちは春一番の花をもちながら、そのようすをながめています。背後には、ロウドニツェの景色が見えます。

　五月、花のにおいがする月、愛のときが訪れます。花の茂みのかたわらにいる二人の恋人を見ることができます。娘は

花を摘み、隣にいる若者は幸せそうな表情を浮かべて娘からもらった花を帽子に飾ろうとしています。背後に見えるのは、ジープ山、聖イジー教会です。

　六月は、美しい緑の草原という心が弾む風景をもたらしてくれます。草刈りの時期です。男性が草を刈ろうとして鎌をふりかぶり、背後にいる女性は刈り取られた草を熊手で力強く掻きよせています。服装、そして丘のある風景から察するに、プルゼンの人びとでしょう。豊かな草原がはるかかなたの低地までひろがっています。

　七月は、緑の草原から、波打つ黄金の麦畑へとわたしたちをいざなってくれます。麦の穂はたわわに実り、収穫の時となりました。日に焼けた女性たちが鎌で麦を収穫するようすはその地方独特のものです。背の高い穀物が生えるなか、畑の花が色あざやかに咲いています。

　八月は、脱穀が行われ、にぎやかで活気があります。納屋は人であふれています。ライ麦の穂が殻竿でトントンとたたかれています。画家はここでも、その月に見合った方法でえがいています。脱穀をしている人びとの集団を手前にえがき、背景にはクニェチツェ山がえがかれています。

　九月には、収穫が終わり、新しい穀物の種をまきます。屈強な体格の農民は歩き

ながら、畝に黄金の麦の種を規則的な間隔を置いてまいています。背景には、古い城と断崖を見ることができます。トロスキ城です。

九月の絵がすこしそっけないものであるいっぽう、十月は、ふさふさとしたブドウの緑の葉っぱとよく熟れた汁たっぷりの果実の房のおかげで、心が躍るものとなっています。一年で最後の、けれどももっとも豊かな自然の贈り物であるブドウの収穫です。自然の詩的なようすとは、これでしばらくお別れです。このあとは、避けることのできないありふれた姿に向き合うことになります。

十一月には、冬のための薪を用意しなければなりません。森で木を切り倒している農民の姿が見えます。おばあさんが枝の束を背負い、小さな子どもは樹皮、苔、そして森に咲く最後の花を集めています。

自然がぐっすり冬眠している十二月は、喜びと楽しみを異なる形でもたらしてくれます。聖人の贈り物という喜びです。画家は、喜びをめずらしい神話上の動物であらわし、肉屋がその動物をいままさに料理しようとしています。こ

の絵を見たら、子どものころ、クリスマス・イヴにわたしたちの頭からはなれることのなかった「黄金のブタ」を思い出すことでしょう。

　それぞれの月をあらわすこのような十二枚の絵によって、一年間の時の移り変わりの描写は終わります。その下には、より小さい円のなかに黄道十二宮が、それぞれの月の絵の下に場所を占めています。芸術家は、十二宮を普通にえがく暦のこれまでの描写方法から距離を置き、より芸術的な生活の色彩を加えるべく、人間らしい形象を加えています。水瓶の代わりにえがかれているのが、水がしたたる容器を手にし、葦色の緑の服をまとった水の妖精（女性）です。弓をひいているのが射手座です。動物の宮、つまり、うお座、ひつじ座、おうし座、かに座、しし座、さそり座、やぎ座は、それぞれ優しそうな少年が付き添っています。ふたご座は、抱きあっている二人のかわいい子どもがえがかれています。七月の徴であるおとめ座は、一年の同じ時期をあらわしているかのように、麦の穂と鎌を手にしています。てんびんを手にしている少女は、注意深く目盛りを見ています。

　月暦の中央には、ヤギェウォ朝のウワディスワフ二世の時代の簡素にえがかれたプラハの旧市街の紋章を見ることができます。月の絵の周囲には、一年の日にち、週の数、聖人および聖女の名前がかつてのチェコの暦にもとづいて記されています。聖人の祝日は赤字になっています。円のいちばん外側には韻文暦という十六世紀後半の古代チェコの暦が刻まれています。

　韻文暦は中世ラテンの暦で六歩格（ヘクサメトロス：一行に六つの語末の韻がある）で記されています。音節の順番が聖人の祝日に対応しています（たとえば、八番目の音節は、八日に祝日がある聖メダルドゥスを表します）。ですが、すべての聖人が二行の六歩格に入るというわけではなく、その前後に記されることもあります。ヨハネの例をお見せしましょう。

　　チェルヴェン　トラーヴ　コシーヴァー
　　Cerven trávu kosívá,
　　　1　　2　　　3　　4　5 6 7

　　　メダルト　　デシュチェ　ミーヴァー
　　Medard deště mívá,
　　　8　9　　10　11　12 13

　　　　　　　　　　　六月は草を刈り、

　　　　　　　　　　　メダルドゥスには雨が降り、

166

　　ア ヴィート セ トラーピー ホルキーム ヴェドレム
　　a Vít se trápí horkým vedrem,
　　14　15　16　17 18 19　20　　21　22
　　イ　ヤン　クシュチテル　スブラトレム　ペトレム
　　i Jan Křtitel s bratrem Petrem.
　　23　24　　25 26　　27　28　　29 30

ヴィートは猛暑、

ヨハネのあとはペテロ。

［訳注：八音節目にメダルドゥス（八日）、十五音節目にヴィート（十五日）、二十四音節目に洗礼者ヨハネ（ヤン、二十四日）、二十九音節目にペテロ（二十九日）がそれぞれ対応している。］

　⚜ プラハの旧市庁舎に天文時計が設置されたのは1410年。それから約450年後の19世紀半ばに画家ヨゼフ・マーネス（1820-1871）による新しい暦時計が天文時計の下部に設置された。エルベンの文章はその当時のようす、および暦時計の概要を記す貴重な資料となっている。

167

耕作の歌

ああ、息子よ、息子よ、
もう帰ったのかい？
父さんがたずねているよ、
耕し終えたかって。

耕したよ、耕したよ、
でも、すこしだけ。
馬車の輪っかが
壊れてしまったんだ。

耕したよ、耕したよ、
好きな人を追いかけて
通いつづけた
あの白い道を。

あの娘が
泣きながら歩いて
あの道も
踏み固められていたけど。

あの道も
耕してしまったよ。
ぼくたちは
結ばれることがないから。

ベロウン地方

⚜ 今なおよく歌われているチェコの民謡。母が息子に近況をたずねて励ますものや、軍人となった若者が恋人と別れるものなど、いくつかの歌詞がある。チェコスロヴァキア初代大統領マサリクも好んで歌っていたという。

エルベンの世界へ、ようこそ

「チェコのグリム」——カレル・ヤロミール・エルベン

　本書は、カレル・ヤロミール・エルベン（1811-1870）の生誕二百周年を記念して刊行されたアンソロジー（Karel Jaromír Erben：Živá voda. Praha：Albatros, 2011）の全訳です。

　早速、「エルベンって誰？」という声が聞こえますね。エルベンは、十九世紀のボヘミア（今日のチェコ共和国）で活躍した民俗学者、詩人です。グリム兄弟がドイツ語の民話を収集したように、エルベンもまた、ボヘミア地方でチェコ語の民話、民謡を収集したため、「チェコのグリム」と呼ばれることがあります。「チェコのグリム」と言ってしまうと、どこか二番煎じのような響きがありますが、そうではありません。それでは、エルベンの魅力的な世界へご案内しましょう。

エルベンの時代

　まず、今から約二百年前に生まれたエルベンの時代のこと、十九世紀初頭のヨーロッパ、とくに「中欧」というエリアについてすこし触れておきましょう。当時（まだドイツという国も、チェコという国もない時代です）、ヨーロッパはナポレオン戦争によって激しく揺れ動いていました。敵と味方に別れて戦ったナポレオン戦争が終わると、各地で自分たちは誰なのかという意識が高まり、自分たちのルーツを確認しようという動きがひろがっていきます。自分たちの言葉はどういうもので、どういう作品を生み出してきたのかという問いかけがなされ、民話や民謡といったものを積極的に収集するようになったのです。例えば、ハプスブルク帝国の一都市だったプラハでは、役所や学校ではドイツ語が話されていましたが、1818年には愛郷博物館（のちの国立博物館）が設立され、チェコ語で書かれた文書を集めたり、研究したりする拠点となり、言葉や文学の重要性が徐々に共有されるようになったのです。

　エルベンが活躍したのは、まさにそういった民話、民謡など、チェコ語への意識が高まった時代でした。エルベンは、1811年11月7日、ボヘミアの北東部のミレチーンという町に

生まれました。父ヤンは果樹園も営む靴職人で、母アンナは教師の娘でした。その後、エルベンはプラハの大学で哲学と法学を学びますが、当時大学で使われていたのはドイツ語でした。学生時代には、チェコ系の文化人、知識人と交流を深め、チェコ語の資料を収集する重要性を意識するようになります。その頃に出会ったのが、政治家であり、歴史家のフランチシェク・パラツキー（1798-1876）、十九世紀の代表的な詩人カレル・ヒネク・マーハ（1810-1836）、不滅の名作『おばあさん』を書いた作家ボジェナ・ニェムツォヴァー（1820-1862）など、当時のチェコ文化を代表する人たちでした。

　法律の知識があったエルベンは当初裁判所に勤めていましたが、のちに愛郷博物館などに勤務するようになり、その後はプラハ市文書館の職員となります。一般に知られていない貴重な文献に触れたり、ボヘミア地方に出かけて各地に伝わる民話や民謡を積極的に収集しました。エルベンは、1870年11月21日に亡くなるまで、チェコ語にまつわる多種多様な資料の発掘に励みました。

民話収集家

　十八世紀から十九世紀にかけて、グリム兄弟をはじめ、民話を収集した人たちはヨーロッパ各地にいます。ですが、エルベンが収集したジャンルの多彩さはその中でも際立っています。本書には、彼のそのような多彩な関心を示すように、民話、民謡、詩、なぞなぞ、ことわざなどが多岐にわたって収録されています。

　本書に一番多く収録されているのは、おとぎ話、民話です。エルベンの活動の中でも民話はとても重要で、1840年代から雑誌『チェコの蜂』に民話の掲載を始め、没後に発表された『チェコのおとぎ話』（ヴァーツラフ・ティレ編、1905）はチェコの子どもたちが必ず読む一冊になっています。同書からは、「金色の髪のお姫さま」、「物知りじいやの三本の金色の髪」、「幸運と知恵」、「この世に死神がいてよかった」の四篇が本書に収録されています。

　エルベンの話にはグリム童話と似ているものがいくつかあります。チェコ語を話す人とドイツ語を話す人の交流は昔からあり、民話においてもそのような文化交流があったのです。国境ははっきりとした線を引けるかもしれませんが、文化の境界線は明確に引くことができません。文化はいろいろな要素が混ざり合ってできているからです。エルベンによる民話の

特徴をあえて言えば、登場人物の内面、その苦悩がよりはっきりとえがかれている点でしょう。例えば、「命の水」は三男だけではなく、女王の心理描写もえがかれ、単なる不思議な話ではなく、葛藤を抱える真実味がある人間の物語になっています。

　また、エルベンの関心は地元のボヘミア地方の民話だけに向けられていたわけではありませんでした。本書でも、ロシア、スロヴェニア、ブルガリアなど、チェコ語と同じ言語グループのスラヴ語圏の民話にも関心を寄せ、生前『スラヴの民話や伝説選』（1865）という書籍を発表しています。エルベンは共通する主題やモチーフを比較検討し、文化や文学というものが多層的なつながりをもっていることを明らかにしました。

詩人・文筆家

　民話収集家という側面がエルベンの一つの顔だとしたら、もうひとつ忘れてはならないのが、詩人としての側面です。1853年に発表した詩集『花束』には、「バラッド」（チェコ語では「バラダ」）と呼ばれる詩の形が多く使われています。これは「語られる詩」とも称される物語詩で、テーマとしては暗く陰鬱で、悲劇的なものが多くあります。このバラッドは民間伝承の詩や歌から題材を取っていますが、そのまま手を加えずにまとめたのではなく、最終的にエルベンが手を加え、緊張感あふれる詩篇に仕上がっています。

　そして、民話や詩の収集家、文筆家であったエルベンは、プラハ市の文書館でも働き、プラハの街の歴史についても文章を残しています。本書に収録されている「旧市庁舎の古いチェコの暦時計」は、プラハの天文時計の下にある暦時計について記したものです。プラハでもっとも歴史のある旧市街広場にある市庁舎に天文時計が設置されたのは1410年のこと。その後、1865-66年に大規模な修復が行われた際に、当時を代表する画家ヨゼフ・マーネス（1820-1871）の手によって新たに描かれたのがこの「暦時計」なのです。天文時計のほうは世界遺産にもなり、観光客の注目を集めていますが、暦時計は天文時計の真下にあります（本書〈日本語版〉では、日本の読者のために、出久根育さんが特別に絵を追加で描いてくれています）。

　他にもいろいろな分野で活躍したエルベンですが、百科事典の項目も執筆しており、本書に収録されている「死の日曜日」は『リーグル百科事典』（1860-1874）に寄せたものです。

　このようにエルベンは、民話、詩、ことわざ、学術的な資料にいたる多種多様な文章の書き手であったことがわかっていただけるでしょう。そして、エルベンは各地の民間伝承に刺激を受けながらも、内面描写など独自の視点を加味することで、現代の私たちにも多くのこ

とを訴える作品を残したのです。

　その作品世界は、本書を読んでいただければわかっていただけるように、リアルな庶民の生活を描くものから、メルヒェンを想起させるもの、さらには幻想的な世界まで、奥深いものとなっています。このようなエルベンの多様な世界は、現在にいたるまで多くの人びとに影響を与えています。例えば、詩集『花束』に感銘を受けた音楽家アントニーン・ドヴォジャーク（ドヴォルザーク）(1841-1904) が同詩集を題材にした交響詩（「水の精」「真昼の魔女」「金の紡ぎ車」「野ばと」）を作曲したり、映画監督ヤン・シュヴァンクマイエル (1934-) はエルベンの『チェコのおとぎ話』に収録されている「オテサーネク」を映画化（2000年）するなど、その影響は、文学の世界に留まりません。

　民話、詩、ことわざ、なぞなぞなど、多彩なジャンルの作品を収録し、さらには、チェコのみならず、ロシア、スロヴェニア、ブルガリアなど、スラヴ語圏の多様な民話を収録した本書は、エルベンの最良の入門書であると同時に、ゲルマン文化とスラヴ文化が交錯する文化の交差点としてのボヘミアのフォークロア文化へ誘う最適の書物と言えるでしょう。

阿部賢一（訳者）

画家・訳者紹介

●絵●
出久根　育（でくね・いく）

　武蔵野美術大学卒業。2002年以降、プラハに在住。挿画作品に、『あめふらし』（グリム兄弟、パロル舎、2001年。復刊：偕成社、2013年／ブラティスラヴァ世界絵本原画展グランプリ受賞2003年）、『マーシャと白い鳥』（ミハイル・ブラートフ、偕成社、2005年／日本絵本賞大賞受賞2006年）など多数。また本書のチェコ語版は、アルバトロス社賞（高学年児童向けイラストレーションの部、2011年）を受賞している。

　グリム童話をテーマにした銅版画で、1989年ボローニャ国際絵本原画展に入選。その年、審査員であったスロバキアの画家ドゥシャン・カーライと出会い影響を受ける。ヨーロッパ中世の絵画やおとぎ話を好み、板に油彩で挿絵を描いたグリム童話『あめふらし』では、2003年にブラティスラヴァ世界絵本原画展のグランプリを受賞、その際も審査員としてカーライ氏が参加しており、再会を果たした。2002年、拠点をチェコに移し、チェコやヨーロッパの国々から様々な影響を受け、試行錯誤は続いている。作風はこれまでいろいろな技法で試みられてきたが、本書の挿絵はすべてテンペラ画の技法で描かれている。現在は、日本とチェコを中心に子供の本の挿絵を手がけている。

●訳●
阿部賢一（あべ・けんいち）

　東京外国語大学大学院博士後期課程修了。翻訳家、東京大学准教授。チェコの文学の研究および翻訳に従事している。主な著書に、『複数形のプラハ』（人文書院、2012年）、『バッカナリア　酒と文学の饗宴』（共編、成文社、2012年）、主な訳書に、ボフミル・フラバル『わたしは英国王に給仕した』（河出書房新社、2010年）、パヴェル・ブリッチ『夜な夜な天使は舞い降りる』（東宣出版、2012年）、ラジスラフ・フクス『火葬人』（松籟社、2012年）、パトリク・オウジェドニーク『エウロペアナ　20世紀史概説』（共訳、白水社、2014年、第一回日本翻訳大賞受賞）、イジー・クラトフヴィル『約束』（河出書房新社、2017年）などがある。

命の水　チェコの民話集

2017年10月5日　初版第1刷発行
2019年3月5日　初版第2刷発行

編＊カレル・ヤロミール・エルベン
絵＊出久根　育
訳＊阿部賢一
発行者＊西村正徳
発行所＊西村書店　東京出版編集部
〒102-0071 東京都千代田区富士見2-4-6　Tel.03-3239-7671　Fax.03-3239-7622
www.nishimurashoten.co.jp
印刷＊三報社印刷株式会社　製本＊株式会社難波製本

ISBN978-4-89013-985-9　C0098　NDC989